歡迎來到實力
至上主義的教室
Welcome to the Classroom of the Second-year
2
年級篇
Kadokawa
Fantastic Novels

歡迎來到實力至上主義的教室2年級篇 4
Welcome to the Classroom of the Second-year

contents

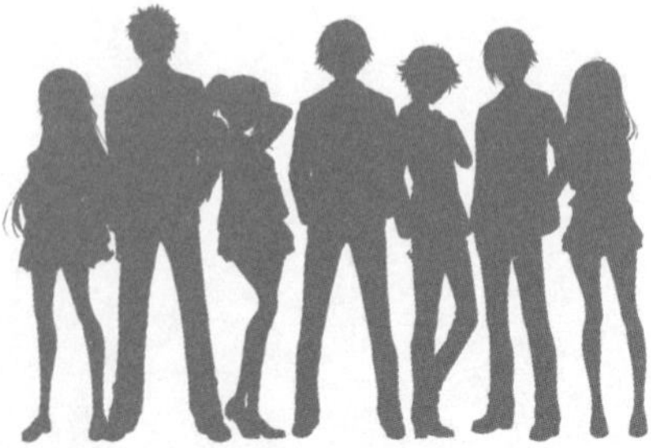

彩頁、內文插畫／トモセシュンサク

天澤一夏的獨白

試管嬰兒——你聽過這個詞嗎？

雖然現在好像已經不會那麼稱呼，而是改稱作體外人工受精。

孕育我的方法就是所謂的「體外人工受精」。

但除此之外，我一無所知。連父母的長相都沒見過。

他們現今在哪裡做什麼？為什麼把我丟進White Room？

我什麼都不知道。不過，說穿了我也沒興趣。

這樣的我在長大懂事時，被告知一件事。

那就是我的父母極為優秀。

也就是說，我是天生就有資格成為天才的幸運兒吧。

可是，我的存在與White Room相悖。

設施最終的目標，是把所有人都栽培得一樣優秀。

目標是證明人類的極限取決於環境，而不是遺傳。

也就是說，他們不希望只有擁有優秀基因的我才能出眾。

我的存在在White Room裡，一定是「實驗」的一環吧。

我不打算否定這項實驗，但他們真以為自己能夠做到嗎？

我做出一個結論——智力、個性與精神不可能完全統一。

實際上，我身為我並存在於此，就是最有力的證據吧？

我心裡從小就對於自己異於常人之處充滿自信。我抹殺眼裡的情緒，故作淡然地完成各項事物，其實一直很懷疑設施的存在意義。

說想為了White Room的理念而成長，並賭上人生犧牲奉獻？

說希望自己成為最成功的培育案例而拚命生活，也是自己的夙願？

總覺得啊，這樣不是很不幸嗎？通常都想活得更自由吧？

至少我是這樣。而且我才不想被關在那種世界裡度過一生。

哎呀，現在說這些應該很多餘吧。我們言歸正傳。

綾小路清隆這個人即使在White Room中也拿下傑出的成績。

我第一次聽聞時，當然是半信半疑。

他全部的點數都比我千辛萬苦拿到得還要高，這種事能相信嗎？

不過——嗯。我看了資料並與他實際見面交談後，就明白了。

他果然很特別。

不過，抱歉啊，學長。

其實我很想當你的夥伴，可是這樣行不通喲。

畢竟論交情的長短，對方也遠比學長還要久。

我真是比想像中還要重感情呢……我有時會這麼覺得。

如果「那個時刻」到來，就讓我當個崇拜學長的人，從稍遠處旁觀喔。

暗中活躍

雨勢開始變強，霧越來越濃。

我在視線不良、聽不清楚的情況下，感覺到背後有個討厭的氣息靠近自己。

對方故意誇張地踏地，發出泥濘濺起的聲響。

七瀨好像也馬上發現到那個氣息與聲音。

我回過頭，看見一名學生充滿氣勢地停下腳步，一頭紅髮隨之搖曳。

「這好像會是一場大雨呢～學長！」

從雨霧中現身的，是一年A班的天澤一夏。

雖說知道她的行程表與我和七瀨的一樣，但我實在不覺得這只是巧遇。

附近沒有其他學生的人影，她好像也沒有拿著背包或平板。

她是怎麼來到這裡的呢？

合理的推測，大概就是她把行李藏在附近後再靠近我。

或是一直沒拿著行李，早早就跟在我們身後。

也有可能是叫別人以對講機口頭傳達ＧＰＳ的搜尋結果再靠近我。果然還是可以排除巧遇的可能吧。

不論形式如何，都不是我樂見的情況。

再說，她似乎不是完全雙手空空。天澤的左手握著粗木棍，說是拿來打人的凶器也不為過。是打算突襲我們，結果不小心被發現嗎？

但在這種惡劣的天氣下，如果打算襲擊，應該可以更安靜地偷偷靠近。

「請退到我身後。」

在我思尋天澤出現的理由時，讓人擔心是否還有體力的七瀨繞到我前面。

可以看見她毫不掩飾戒心的側臉，正用力地凝視著天澤。

「咦？小七瀨不歡迎我嗎？我們明明是同一個小組的夥伴，真冷淡耶。還是說，我拿著這個，所以看起來有點危險呢？」

她把粗木棍輕輕放在自己腳邊，向我們表示自己很安全。

但七瀨完全沒有放下戒心。

「我——無法信任妳。」

「真過分～為什麼要說這種話呢？我明明這麼可愛。」

雖然我覺得可愛程度與信任無法劃上等號，但現在重點不在這裡吧。

「這是怎麼回事，七瀨？」

天澤的確有些地方讓人搞不清楚在想什麼。

畢竟她的演技與執行力不是普通學生力所能及的程度。

因此當然要警戒她，而目前為止我都非常清楚這點。

可是，這無法解釋七瀨為什麼會如此異常地防備。

當然，她會出現在這裡，明顯是有意義的。

也可能是因為七瀨自己變成我的夥伴，所以反應過度……

「我不是壞人啦，對吧，綾小路學長？所以我們來稍微聊聊吧？」

「請別聽她的話，她是個危險人物。」

七瀨毫不客氣地對沒有敵意的天澤回以強烈的否定。

面對七瀨感覺莫名其妙的批評，天澤沒有做出解釋，但看起來也沒有很困擾的樣子。

「學長……我有件一直瞞著你的事。篠原學姊的組別受到襲擊，小宮學長和木下學姊退出考試，接著你不是與池學長爬上斜坡了嗎？」

她是指池聽見上方傳出聲響，猜測篠原在上面，因此飛奔出去的時候。

我判斷讓他一個人去很危險，於是便跟著他。

「我後來發現附近好像有人在看著我們，就去追查對方。」

「所以我找到篠原準備回去時，妳才會不在須藤他們身邊吧？」

七瀨輕輕點了點頭。

「然後呢？」

「我沒追查到逃走的那個人……可是我看見具特色的頭髮。」

七瀨這麼說完，就把右手臂慢慢伸向天澤，用伸出的食指指著她。

「當時在那個地方監視我們的就是妳吧，天澤同學？」

「哈哈，果然被妳看見啦？」

天澤沒有否認，反倒馬上笑著予以肯定。

她的態度沒有動搖，也不驚訝自己被人看見。

這樣看來，當時感覺到的視線，就是來自於天澤。

「是妳傷害了小宮學長他們吧？」

「咦？這是妳獨斷的意見吧？我說不定只是剛好在旁邊。」

「既然這樣，妳應該就沒必要逃走吧？」

「別人用恐怖的表情追趕自己，通常都會忍不住逃跑吧？再說我也討厭被懷疑。」

「我實在沒辦法相信妳。」

「也就是說，妳認為是我把學長姊他們推下去的，對吧？」

「我很有把握。幾乎不會有錯。」

「明明有把握，卻還是忍不住加上『幾乎』呀？其實妳也覺得自己不知道吧？」

來自同小組的兩人彼此刺探似的交談。

「那麼，妳能發誓不是妳傷害小宮學長他們的嗎？」

「要我發誓是無所謂，不過我要不要遵守誓言，都不關妳的事呢。」

天澤的話語表示這種話沒什麼意義。

「我反過來問妳，假如是我做的，妳又要怎麼做呢？」

別說是擺脫七瀨的追究，天澤甚至自己跳進漩渦。

雖然七瀨有點被天澤的氣勢鎮住，但為了刺探天澤，她還是深入此事。

「妳為何要做出那種事，請告訴我理由。不對，在這之前，說到底為什麼學校調查的GPS反應上沒有出現妳的名字？」

關於這點應該不用跟天澤確認吧。

「不留下GPS痕跡本身並不難，只要破壞手錶就好了吧。」

天澤一臉開心地把戴在右手腕的手錶對著我們。

「答對了～不管是不是故意的，故障就是故障。而且還可以免費更換呢。」

「不過，就算妳在不久前才破壞GPS，校方也會發現這件事吧？」

「沒錯。不過，至少在趕往現場的那個時間點，校方要發現應該很困難。」
這座島的ＧＰＳ訊號數量隨隨便便就超過四百個。就算平板上有一兩個ＧＰＳ反應消失，那種情況下不只不會注意到，也沒有時間確認所有訊號。教師該擺在優先的只有學生的安危。
「可是，校方改天還是會徹底調查吧？弄清楚也是時間的問題。」
既然篠原說自己遭到某人襲擊，學校當然會詳細調查。
在那過程中——也很有可能只有天澤的ＧＰＳ反應消失。
然而，問題就在這裡。
「假如在小宮他們被襲擊的時間，只有天澤的ＧＰＳ反應消失，校方難免會懷疑。但是也只會這樣。由於沒有任何進一步的證據，因此不能認定她就是犯人。」
「這個——」
對於親眼看見天澤的七瀨來說，她大概很想斷定天澤就是犯人。
可是證實罪行遠比想像中困難。校方也絕對必須避免冤枉天澤而導致她退場的情況。
原本「手錶」的作用是用來在這場無人島考試中維持秩序與規則，但能使之無效的方式多得是。為了防止不正當的行為，只能對手錶的使用方式訂出嚴格的規定。例如，故障替換的處理只限一次、每次故障都會消耗得分，以及故障當下就會退場等。
然而規則越是強硬，這次反而越有可能從其他角度做出不當的行為。像是對競爭對手的手錶動手腳使之故障之類的。再說，如果真的因為意外或物品不良造成故障、導致退場，這場特別考試應該會讓人無法信服。

「鑽規則漏洞是常理，只要找不到證據，不管做什麼都可以喲。」

儘管我對這種說法有些不認同的地方，但天澤說得沒錯。

「既然沒有證據，那就由我提供證詞，說天澤同學出現在那個地方。」

「這點也一樣。只憑ＧＰＳ故障以及天澤在案發現場的事實，校方也只會止於懷疑。」

如果是須藤或龍園那種非常暴力、品性有問題的學生，校方或許會加深懷疑。可是，我們眼前的是個高一女學生。就觀感上看來，被認為是壞人的機率也不高。

重要的是，學校沒有收到小宮和木下被襲擊的證詞，篠原也只能說出「不知對方是誰」這種模稜兩可的發言。

七瀨說她看到天澤這種言論，也是一樣的道理。

只要沒有決定性的證據，就不可能要求校方處罰天澤。

「就是這樣喲，小七瀨。」

話說回來，我還是完全不知道天澤為什麼會出現在這裡。

七瀨的追問與天澤的文字遊戲不斷重複，對話絲毫不見進展。

她隨時會動手……逐漸難以想像會發生這種狀況。

她到底是不是迫使小宮他們受傷的犯人，這件事先擱著不管。

為了推動膠著的情勢，我就問問她吧。

「妳來這裡做什麼？不對，妳是怎麼找到我們的？」

想到明天之後的特別考試，就應該避免讓我們三人一直淋雨。

真想立刻搭帳篷躲雨。

「別這麼著急，綾小路學長。你就高興一下我們能像這樣在無人島上見面嘛。」

「不好意思，這場雨消耗體力的速度遠比我們想像得還要快。我們長話短說吧。」

「那麼，我們就在這裡合力搭帳篷，兩個人共度良宵，你覺得怎麼樣？」

她應該非常清楚男女禁止在同一頂帳篷裡過夜。

進行這段無意義的對話，也讓人覺得是在爭取時間。

「啊，你很擔心嗎？沒問題、沒問題。校方又沒辦法監視所有狀況。」

天澤一邁步靠近，七瀨就立刻靠近她，抓住她的手臂。

「妳這隻手要做什麼？」

「妳打算對綾小路學長動手吧？」

「小七瀨什麼時候變成騎士了呀？妳不是還和寶泉同學一起計劃要讓他退學嗎～？」

「這……與妳沒有關係。妳來這裡的目的是什麼？」

「我不小心迷路，因此打算來求助喔。」

她毫不掩飾地說謊。

難道她是為了確認七瀨和我的對決與後續發展，才來到這裡的？

只要看見七瀨這種態度，她應該也已經掌握到七瀨倒戈了吧。

不對，既然如此，在這裡纏著我重複無謂的閒聊，就沒什麼意義。

「我想和綾小路學長說話，妳可以讓開嗎？」

「在這裡說不就好了嗎？」

「這點應該沒辦法吧。畢竟是有關White Room的話題嘛～」

天澤好像認為繼續隱瞞自己的真實身分也沒用，於是這麼自白。

七瀨驚訝地看著我。

我在第一學期不斷被暗示有White Room的學生存在，卻無法掌握其真實身分。

想不到我是以對方「自白」的形式得知。

「懂了嗎，局外人？」

倘若天澤真的是White Room的學生，確實也可以理解她把七瀨稱作局外人。

「鬆手吧，七瀨。」

儘管七瀨應該有點不滿，她還是遵從我的指示，乖乖地鬆手。

「真是個乖孩子呢，小七瀨。我不討厭這種忠犬的感覺喲。」

天澤這樣回答，開始一點一點地與我拉近距離。

這下子應該終於可以順利推進話題了吧。

「抱歉，因為還有七瀨的前例在，我不打算只聽見White Room這個詞就做出判斷。」

「要我證明也可以喲。不過……這不太方便讓小七瀨聽見呢。」

她對我露出一如往常的小惡魔般的笑容表示：「你知道的吧？」

我稍微用手示意七瀨，指示她保持更遠的距離。七瀨對於我貿然靠近天澤感到抗拒，很快還是遵從了指示。雨勢越來越強，而且只要相隔幾公尺，七瀨應該就聽不見我們小聲說話的聲音。

天澤踏著泥濘的大地，終於來到我伸手可及的距離。

「那麼，我該從哪裡解釋才好呢？」

天澤做出思考的動作，像是在思尋該怎麼說才能讓我理解。

不得不說她出現在這個地方根本就令人費解。

White Room的學生為了讓我退學而一直潛伏到今天。

可是眼前的天澤公開真實身分，沒有做出任何行動。

重要的是，她如今一副猶豫自己要說什麼的模樣本身就很奇怪。

感覺明顯在拖延時間，做出消耗時間的行為。

天澤在我決定指出這點的時候開口說：

「學長十歲時接受的課表，是以專案五為基礎的構築理論。十一歲時接受的，則是以專案七為基礎的相對性理論。我兩個都上過，所以記得很清楚。」

她這段具體的發言，彷彿要證明自己同樣待過White Room。

「室內、走廊與分配給自己的房間都一樣，那是所有東西都一片純白的世界。」

至少我確定她好像遠比七瀨更了解White Room。

也不像只是從月城那裡聽說了重點。

他們不可能跟非相關人士說出White Room的內情。

這樣應該也可以斷定天澤就是「黑」吧。

她從對話內容到行為舉止，都完美地符合White Room的學生特徵。

「妳特地這樣普通地登場，公開真實身分的好處是什麼？」

「說得也是呢，你果然會對這部分感到好奇吧。這是因為呀，我想先表示自己不是學長的敵人喲。」

「這點很矛盾呢。White Room的學生是為了讓我退學而派進來的刺客。妳說妳不是敵人，這點說不通。」

天澤也已經漸漸濕透，還是不在意地繼續說：

「比綾小路學長所屬的四期生更晚的世代，都抱有強烈的嫉妒心。所以，他們大概認為：假如利用White Room的學生，或許就能靠這些嫉妒心把你逼到退學。不過上頭挑錯人了喲。他們沒猜透我只是個崇拜你的少女。」

「所以妳才像這樣公開真實身分嗎？」

天澤點頭表示沒錯。

「既然如此，那麼妳也可以入學後就直接表明吧？妳甚至成功進到我房間，說出口的機會多得是。」

「因為不論怎麼崇拜你，也僅止於想像吧？直接見面交談後，還需要一段時間才會產生『啊啊，幸好自己崇拜這個人』的想法。」

也就是說，如果我在天澤心中是不值得的人，她也有可能轉而排除我。就這段話的邏輯而言，姑且算是成立。

「了解了嗎？」

「也是呢。只有處於同一邊的人，才會如此了解White Room。」

「沒錯。總覺得很不可思議呢——當個普通高中生在學校生活。」

至今只有我體驗過這種特殊的感覺。不過，其他White Room的學生之後也像這樣擁有同樣的體驗，讓我非常感興趣。

「如果妳和我有一樣的感受，應該也會發現這間學校是多麼有意思吧？」

「我很了解你想說什麼喲，學長。我也不只想過一兩次，希望自己可以直到畢業都這樣好好享受學生的身分。雖然我不擅長交朋友，沒什麼聊天的對象就是了。」

該怎麼說，這點和我差不多。

儘管我與堀北或池他們聊過天，可是都會有類似心靈上的距離。

我想起有段時間一直無法坦率表示「彼此是朋友」的狀況。

「畢竟我不像學長這樣欠缺溝通能力喲？」

就像識破我的想法似的，天澤修正我的觀點。

「我和學長學過的東西基本都一樣。但反過來說，有些知識也是只有晚一年的五期生才學過的喲。」

我沒有回答，天澤就自己接著說：

「就是最基本的溝通。因為在學長的四期生之前都過於個人主義，所以不是接連出現崩潰的小孩嗎？不優秀的小孩當然不在討論範圍內，不過優秀的人會被允許與優秀的人交流。」

假如這是真的，就能理解她為何能輕鬆表達情感了。我就算可以靠自己的演技短期扮演某個人物，也很難擺脫毫無情感活過大半人生的習慣。

「還是無法相信嗎？」

「我相信妳的來歷。但還是不懂妳為何要公開真實身分。」

「你都認同我是White Room的學生，虧你還能一臉冷靜呢。你難道覺得憑我不會造成你的威脅嗎？」

我沒回答這個問題，天澤便笑著帶過。

「好啦——想跟學長說的話也說完了，我就先離開吧。」

天澤認為讓我理解她是White Room的學生就夠了，於是轉身離開。

「妳在想什麼，天澤？」

「真是的～我不是說過了嗎～？我只是很崇拜綾小路學長而已。」

她回頭後，用濕掉的指尖撫摸我的臉頰。

「所以，沒有我的允許，請不要隨便被打敗喲。」

她這麼說著，把指尖移開我的臉頰，不知往哪兒邁步離去。

不要隨便被打敗——對象指的是誰呢？月城？瞄準個人點數兩千萬點的一年級生們？又或者是說……

「綾小路學長，你沒事吧？她有沒有對你做什麼？」

七瀨一臉擔心地跑過來。我告訴她不用擔心，看了看自己的背包。

「雨下成這樣，我們最好快一點。」

我很想整理各種情報，但現在有事情要優先處理。

「好的！要準備帳篷，對吧？」

「沒錯。」

我雖然這麼回應，但還是要完成一件不能忘記做的事。

那就是確認天澤離去的足跡。

「學長……？」

「畢竟足跡就快要被這場雨沖掉了呢。」

天澤才剛離開，足跡的原型就已經開始崩塌。

「足跡嗎？可是，天澤同學的足跡怎麼了嗎？」

「小宮他們受傷時，現場附近有足跡。尺寸毫無疑問幾乎與天澤一樣。」

也就是說，與七瀨目擊到得一樣，天澤無庸置疑就在那個地方。

「意思就是說，天澤同學果然不是碰巧在附近，她就是把人推下去的犯人吧。」

「這就不知道了。判斷天澤當時在監視須藤和妳應該不會有錯，可是這依然構不成天澤推人的證據。」

七瀨似乎有一瞬間無法理解我在說什麼。

「我或許沒有確鑿的證據，不過應該可以認定就是她吧？」

「假如從現有的情報推理，首先天澤無疑就是犯人。」

「我就是這麼想的。儘管說了很多次，我真的確實看見天澤同學了。」

她當然不會看錯吧。

「但妳並不是看見她把人推落的場面。」

「這……也是啦……可是，她剛才也招了。」

「那很難算得上是招供。天澤只說『如果是她推的，妳要怎麼辦？』，沒有明確地說『是自己做的』。」

「她也有可能是害怕我們正在錄音。」

「我們處在這種雨聲中，而且只要看見我們的狀態，可能會認為不需要嚴加提防我們。」

這種環境乍看之下，實在沒辦法錄音。

「即使這樣，也不是必定如此。尤其我們知道她是綾小路學長應該防備的對象，認為她會做出最充足的對策比較妥當。」

為了把風險化為零，這確實才是明智的選擇。

「如果不小心讓兩名學生受到可能會危及性命的重傷，她應該會一溜煙地逃走。她為什麼要特地靠近現場，讓妳看見背影呢？」

七瀨拿回背包並同時思考。

「這——還是應該要當作她很在意小宮學長他們的傷勢？我認為就跟縱火犯會重返現場的心理一樣。」

的確存在「縱火犯會回到現場」這句話。

人對於這種心理有諸多見解，不過隨便套用在這次的狀況上很危險。假如片面斷定天澤就是犯人並進行推理，無論如何都只會看見表面的事情。

「若沒有不顧一切的覺悟，就做不到這種勾當。她因為在意傷勢而冒險查看現場——這點說不通。實際上天澤就被妳發現，並且被目擊到背影。如果她是月城好不容易送進來的人，我不覺得她會出現這種失誤。」

我為了不看丟線索，追蹤快要消失的足跡。

「她為什麼要追過來並對我們表明真實身分呢？」

「我認為她是因為被我看見身姿，判斷自己沒辦法澈底隱瞞下去，才過來接觸我們。就算我不能證實犯行，向校方告狀也會成為問題。而且月城代理理事長拜託的任務也會變得很危險。」

「到頭來，這與重返現場互相矛盾。」

「不能解釋成粗心的失敗嗎？」

「不可能呢。」

天澤也可能是因為某些理由，而故意讓七瀨發現。

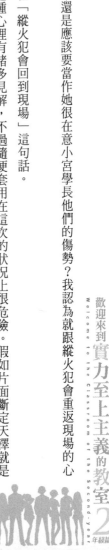

這時，我在這裡從追溯的足跡中成功獲得新的線索。

「果然天澤的每一個行動，都有不能漏看的地方。」

「不能漏看的地方？」

我追蹤隨時會被雨水沖刷掉的天澤足跡。

「她看來是完美地從我背後靠近，但從這裡開始追溯的話——」

「咦？」

七瀨在這裡也注意到奇妙的變化。

「這個是另一個人的足跡，對吧？」

「是啊。」

有個感覺比天澤的腳印還要大一點的足跡。

可是具體的尺寸與形狀已經崩解，無法判別。

「對方一度靠近我們身邊，然後足跡在這裡亂掉了。這裡是與天澤的足跡交會的地點，而這個神祕的足跡在這裡折返。」

「意思是天澤同學來找我們說話前，這裡有某個人來過，對吧……？」

現況似乎無從判斷對方是學生還是學校相關人士。

「妳能把天澤剛才拿著的木棍拿來給我嗎？」

「好、好的！」

七瀨把天澤丟下的木棍撿了回來。

看見這個，我推導出一個答案。

「妳有發現什麼嗎？」

「發現什麼……嗎？我覺得用這個打人好像很危險。咦……？」

七瀨自己拿著並觸摸這根木棍，也察覺到某件事。

「我不覺得這是在現場隨便撿到的東西。」

「是啊。為了能夠用來當作凶器，多餘的部分被削除了。要把它看作是一般自然掉落的木棒，這形狀太不自然了。」

「她打算拿這個襲擊綾小路學長嗎？」

「假如天澤打算襲擊我，應該會一聲不吭、出其不意地直接攻擊。然而天澤拿著武器，卻沒有出現進攻的舉動。不僅如此，感覺她還刻意讓我們發現自己的存在。」

從這點進一步推敲——

「也就是說，她打從一開始就不打算襲擊……最初拿著這根木棍的不是天澤，而是這個足跡快要消失的另一個人，對吧？」

這道足跡靠近我們的步幅很小，折返時卻跨得很大步。離開是為了不被人發現，或者是為了逃跑。

「可是，這是為什麼呢？」

「就天澤所說，我似乎是她崇拜的對象。所以，從她說打算保護可能被襲擊的我這點看來，也能看得出來她與這件事有所關聯。」

「總覺得只憑這點就判斷她是夥伴也有點危險……」

「當然。不過，我完全想像不到這個盯上我的足跡會是誰的。」

「說不定……也有可能是學校相關人士？」

「也有這種可能。畢竟我正被人懸賞嘛。」

這個足跡也極可能屬於盯著這筆懸賞金的學生。

也不難想像即使冒險，也要讓我強制退學的可能性。

「啊，對了！」

七瀨想到什麼似的出聲。

「學長，我們立刻搜尋GPS吧！天澤同學來之後還沒有經過多久，就算另一個真實身分不明的人全速逃跑，這種壞天氣之下應該也逃不了多遠。」

確實，現在搜尋GPS且周邊區域出現GPS反應的話，就可以一口氣縮小嫌犯的範圍。只要從附近的反應依序查看是誰就可以。

「啊，但要是他像天澤同學那樣把手錶弄壞，就不能查明了呢……」
「不，這點不可能。弄壞手錶就表示GPS反應會消失。假如我現在搜尋，除了天澤以外還有另一個GPS反應消失，那會變得怎麼樣？」
「……那個人肯定就是犯人。」
「沒錯。所以，打算襲擊的人絕對沒有破壞手錶。」
「既然這樣，不就更值得花費一分了嗎？」
從天澤找我說話後，好像才過了十五分鐘左右。
就算竭盡全力遠離這裡，離開目前所處的區域就可能耗盡精力。
幸運的話，還可能找到這個消失足跡的人物。
正因為如此，現在我應該按照七瀨的建議，在此進行GPS搜尋……
「我不會進行GPS搜尋。」
「咦！為、為什麼！」
「不管那個人是誰，即使故意制定讓我搜尋GPS的戰略也不奇怪，也有可能浮現毫不相關的人物。」
我也不能咬定對方沒有這種目的——誘導我懷疑並調查毫無關聯的人。天澤讓七瀨目擊到身影，以及天澤在此現身等，我最好先對於這種被他們那一方強塞情報的狀況有所防備。

「可是，總覺得這樣也有點可惜。」

「至少如果是我，不會做出因為這種事而被識破的蠢事。如果對手是那種會忘記GPS搜尋的人，我才完全沒必要害怕。」

儘管七瀨有些無法接受，似乎還是乖乖順從我的決定。

總之，就算要整理想法，也不該在這種狀況下繼續。

我決定暫時結束話題，趕緊與七瀨一起搭帳篷。

雨勢已經開始大到說是傾盆大雨也不為過。

我和七瀨把帳篷面對面貼在一起，設法把帳篷準備好，各自逃進帳篷裡。

我脫下濕掉的體育服、運動外套和內褲，用毛巾擦拭頭髮和身體。

緊接著換上備用內褲之類的衣物後，打開關上的帳篷雨蓋，試著觀察外面的狀況。雖然才剛迎來白天，附近卻暗得像晚上一樣。

至少今天一天應該無法動彈了吧。

由於雨滴毫不留情地跑進來，我暫時關閉雨蓋，躺在帳篷裡。

我知道了七瀨的過去，也確定天澤是White Room的學生。

然而，所有迷霧不會因此而消散。

1

我在連綿大雨中收到來自學校的信件。雖然我大概可以猜到內容，但學校果然宣布今天的考試中止。假如沒有基本移動和課題，就會相對難以逆轉情勢，但信件中也寫了旨意，表示正在檢討可以不讓學生權益受損的彌補方式。

從天氣不見好轉看來，學校應該也無法確定補償內容。

不過，不論是什麼樣的補償，今天考試中止的事實都不會改變。

儘管對於綜合分數來說是很有效的彌補方式，各組擬定的戰略計畫則會被迫從頭來過。

再來對我而言，這次的中止說得再好聽，也難以說是一場及時雨。

我原本預計要在後半段拿出全力，超越在前半段耗盡體力而失速的組別，進而累積分數。可是，因為第七天幾乎空出一整天，所有人的體力都會因為這次休息而恢復。

當然，由於不是在舒適的環境休息，疲勞不會徹底消除，但能否休息這點可說有天壤之別。

「——長。」

「嗯？」

帳篷外大粒雨滴降下並發出巨響，但我還是隱約聽見了人聲。

再次聽見呼喚我的聲音。聲音似乎毫無疑問是對面帳篷裡的七瀨傳來的。我再次拉開拉鍊，從網布窺看外面的情況。

「學──長。」

雖然視線很差，但如果是眼前的帳篷，就不是什麼難事。

「我想跟你說個話！可以過去你那邊嗎！」

七瀨隔著帳篷這麼提議。

她應該也很清楚，男女兩人擠在狹窄帳篷內的情況無法說很健全，不過她大概忘光光了吧。

規則上只禁止一起睡覺，短時間待在一起並沒有問題。

只要學生這邊不失去理性，應該也不會發生道德上的問題。

話雖如此，畢竟雨大成這樣，就算彼此的門口只隔不到兩公尺，難免還是會淋濕身體。

「是可以啦，但我過去妳那邊吧？」

就算我這麼說，七瀨還是搖頭攤開毛巾，護著頭似的做好準備之後便打開門口。我也打開入口，趕緊把七瀨接進來。

七瀨配合時機跑出帳篷，迅速進到我的帳篷之中。

當然，即使時間不到一秒，依然淋到了雨，不過還是把傷害降在最低程度。

「呼～……不好意思，學長。在你休息時打擾。」

「不會，沒關係。」

累的與其說是我，倒不如說是七瀨吧。

抵達這個區域前勉強行動，加上雖說是出於誤會，但她才剛打完一場激戰。

我以為七瀨有什麼要說，但她沒有立刻開口。

不對，好像是開不了口的樣子。

持續一段觀察對方模樣般的沉默後……

「我好像有點厚臉皮呢。」

七瀨這麼說著，充滿歉意地低下頭。

「我直到剛才都對學長抱持敵意，還說出過分的話……就算這樣裝熟搭話，你也只會感到困擾吧？」

雖然覺得事到如今好像有點太晚了，不過七瀨似乎現在才面對這份情緒。

「我沒有放在心上，所以妳不要再道歉了。至少應該已經很清楚我們沒必要互相敵視了，不是嗎？」

有些地方她應該無法輕易釋懷，但我們現在正在經歷特別考試。

心裡的迷惘也會給實際考試上的行為與想法帶來陰影。

「說得也是呢。」

七瀨說著「我知道了」，再次鞠躬致歉。

「所以呢？雨下成這樣，妳過來應該是有話要說吧？」

「啊，是的！」

七瀨想起自己有要事找我似的開口說：

「剛才天澤同學現身的事情在我腦海揮之不去……我一想到綾小路學長的辛苦，就忍不住覺得必須找你聊聊。」

看來與其說是有什麼目的，她似乎單純在替我擔心。

雖然七瀨比身為當事人的我還要在意這點有點問題，但我很感激她的心意。

「我原本咬定是天澤同學推下小宮學長他們，認為天澤同學不顯露本性的態度，是因為想要隱瞞真相；綾小路學長卻說不一定是天澤同學，我無法理解……」

「因為目前真相還在黑暗之中啊。」

天澤是極為接近黑色的灰色，但沒有染成澈底的黑色。

「還有，我在意的是她的目的。不論誰是犯人，做出那種危險行動的理由會是什麼呢？」

「假如知道答案，就不用這麼煩惱了。我們先假設天澤不是犯人來討論看看吧。」

我決定重新說明自己關於小宮與木下事件的想法。

因為藉由互相交換意見，原本沒發現的盲點也可能變得清晰。

某人把小宮他們推落。從沒有手錶GPS反應看來，很明顯不是臨時起意，而是事前就計劃好的行為。

接著下一個——

「咦……那個，可是這樣不是很奇怪嗎？」

話題才剛開始，七瀨就皺眉頭，似乎有無法接受的地方。

「如果天澤同學與這件事無關很奇怪吧？這樣就會變成小宮學長他們碰巧在她手錶偶然壞掉時被襲擊，而她正巧在附近目睹一切，然後又恰巧被我看見了呀？」

「一旦同時發生這麼多巧合，就很難說是偶然吧？也就是說，在小宮的事件上，把天澤與此事毫不相干為前提進行推測，邏輯就無法成立。」

這下子就會浮現——在天澤附近的人把小宮他們推下去的可能。

「意思是，就算真正的犯人不是天澤同學，她也知道那個人是誰吧？這麼一來，是不是也會出現天澤同學是共犯的可能性呢？」

「沒錯。剛才的足跡也說不定就是那位真正的犯人。」

只要想到她是為了幫助真正的犯人而助我們一臂之力，天澤的行動也就解釋得通了。

「畢竟如果打算施暴，做法也會類似嘛。」

七瀨接連點頭表示同意，覺得目前已知的線索已互相串連起來。

「不過……」

該怎麼說……我每次都會在意起毫無關聯的事情。

「不過什麼？」

這件事與抬頭愣愣地看著我的七瀨有關，我卻不好意思問她。

而這也是因為我無法理解其中的「運作原理」。

今天已經是這個無人島生活迎來後半段的第七天。七瀨截至目前為止基本上都和我一起行動，而且連好好洗身體的餘裕都沒有。

當然，她在沙灘搶旗標換泳裝時有沖洗沙子的機會，在海上游泳更衣時應該也沖過澡。

話雖如此，只要經過一天，大致上都會很煩惱自己身上冒出汗水。

由於在狹小的帳蓬裡，七瀨身上的氣味淡淡地擴散開來，然而絲毫沒有令人不悅的異味。就算汗臭能以勤於擦拭來掩蓋，但發出好聞的氣味又是怎麼回事呢？

我很想請教這件事的運作機制，但這樣我明顯就會是個「不太ＯＫ的學長」。

「沒有，我搞錯了。請別放在心上。」

「是這樣嗎？」

七瀨沒有深究我說的話，再次沒有查覺任何異樣般地點了點頭。

雖說交到了女朋友，但我仍是剛開始學習的新手。

一旦碰到這類狀況，就盡是些我不懂的事情。

由於止汗劑或涼感噴霧這種東西，在規則上可以用比較便宜的價格取得，我就當作是她買下這些東西吧。而現在我只能推導出這些答案。

儘管是我自己提起的話題，現在的氣氛真的莫名地尷尬。

七瀨好像沒有多想，我就在這邊回歸正題吧。

「雖然沒辦法確認天澤實際上對小宮他們做了什麼，但誰在什麼行程表，我大致有了底。」

七瀨絞盡腦汁思考，似乎無法理解這些話的意思。

我拿出平板並顯示給七瀨看。

「可以嗎？那個該說是綾小路學長的個人情報嗎……給我看沒關係嗎？」

個人情報指的是我的得分吧。由於前十組與後十組以外的得分和排名不會對其他人公開，因此是重要的情報。

「我以為我們之間已經沒有多餘的隔閡，是可以彼此信任的關係，難道是我一廂情願嗎？」

我毫無隱瞞地這麼說之後，七瀨驚訝地抬起臉。

「沒有！那個……謝謝你……願意相信我！」

七瀨用一副有點害羞又有點高興，同時帶著一絲歉意的模樣這麼回答。

她露出無法把自己直到剛才為止都很無禮的事情當作沒發生過的表情，而這很像她的作風。

「而且我們都是一起行動，妳只要回想一下，就會知道我大致上得到幾分吧？」

雖然有些課題由我獨自一人挑戰，但七瀨應該都會假設我拿下第一名。

因此我還是不在意公布分數，打算開始解釋。

「關於我剛才說知道誰在什麼行程表——」

天資聰穎的七瀨馬上就注意到某個可疑之處。

「咦，學長的得分……比我想像得更低嗎？」

「怎麼說？」

我試探性地反問，七瀨就雙手並用地數著手指，開始在腦中計算。

「抵達加分、抵達順序報酬，然後加上課題……扣除懲罰的部分——我以為你在我休息時參加的課題都拿下了第一名。」

她的記憶力還真是牢靠。

這點今後也許會派上用場，而且會是很有用的技能吧。

「真虧妳能注意到呢。原本我現有的分數會是八十八分。」

「現在是七十八分，少了十分。這應該不是處罰造成的……」

那麼，這十分又是何時、如何，以及為何會消失，我要開始說明這一點。

「這場特別考試是一天公布四次指定區域後開始基本移動。時間從上午七點到下午五點，共計十小時。從第六天早上七點開放搜尋ＧＰＳ起，扣除掉十二點的休息時間，我決定試著每小時搜尋ＧＰＳ，總共搜尋了十次。」

七瀨還沒有想透這麼做可以發現什麼。

「ＧＰＳ搜尋可以知道整座島嶼所有學生的位置，是非常便利的工具。然而只利用一次，就只能用來知曉目前的位置，實用度很低。但把一天分成十份反覆搜尋，就會看出原本沒發現的各種事情。」

點與點漸漸串成線，就可以追蹤一天的軌跡。假如有人同樣搜尋十次，就會發現我和七瀨一直都是一起行動。

「那個，我充分明白你的分數用在什麼地方了。假如每小時都能知道大家前往的目的地，確實就可以發現自己和誰的行程表相同也說不定；但第六天我並沒有看到學長長時間使用平板的樣子，再加上這種事實在沒辦法記下來吧？……難道你一瞬間就記住所有內容了嗎？」

「這是不可能的。光是確認所有人的名字和位置，就會耗費大量的時間吧。」

我打開相簿，顯示保存在裡頭的影像。

「我使用ＧＰＳ搜尋後，先存下螢幕截圖。因為這樣就可以在有空時慢慢觀察，並知道當天有什麼動作。」

考試時無法對別人發送訊息或傳照片。然而平板保存自己的畫面屬於基本功能，理所當然會配置。藉由反覆放大縮小保存的地圖，可以把所有學生的位置當作紀錄詳細地留下來。

「透過比較各自的時間差異，一天之內的所有行動都會作為紀錄，隨時都可以瀏覽。」

睡前、早上考試開始前或休息中，我們有很多可利用的時間，只要那時確認就可以了。

地圖上也會出現該時段的課題與細節，所以雖然僅限第六天，還是可以全部赤裸裸地顯示出各組與學生採取了什麼樣的行動。

「……居然做了這種事，我都沒發現。」

「我不會笨到被疑似敵人的對象發現。畢竟第六天時，還完全看不出妳是什麼樣的人嘛。」

在那個時間點被七瀨這個敵人發現我搜尋GPS，簡直就是愚蠢至極。從確認目前位置到確認課題細節，我們都會以相當高的頻率接觸平板，所以即使我操作畫面也不會顯得不自然。

我維持追趕指定區域與課題的態度，大致上每隔一小時就會搜尋GPS，只先把螢幕畫面擷取下來。七瀨一邊心感佩服，手也不斷地往右滑至下一張地圖。每次滑動，各個學生的GPS就會很有意思地變換位置。

「不過，我知道自己這麼問很失禮，但大家的行動能說值得花費十分嗎？假如可以與人共享螢幕截圖，說不定還有附加價值；但如果是單獨一人，分析行動模式也會需要不少時間吧？」

如果可以輕輕鬆鬆就把附件郵件傳給夥伴，這個影像的確會產生價值。也能以多人且間隔更短的方式搜尋，或在考試時間外進行確認。如果是這種規則，就算別班實踐也不足為奇。

「雖說範圍只有個人，但也要看使用方式呢。這個戰略就結果來說有沒有十分的價值，可以說取決於接下來的行動。」

「……怎麼說呢？」

「我想想……在我反覆搜尋GPS得到的情報中，就有這樣的東西。」

以一年級或三年級這種年級別看來，也能看出新的另一面。

尤其是三年級生的狀況，我可以顯著地看出組別的特殊舉動。

「例如說，一部分的三年級組別整天都做出奇怪的行為。然後，那些奇怪組別附近一定都會有南雲組與桐山組密切參與。試著調查後，就會看出很有意思的事情。」

我把範圍縮小在南雲組，從第六天上午七點開始，試著每隔一小時觀察情況。

「首先早上七點時，南雲組在B8。」

「意思是第五天最後的指定區域是B8嗎？」

「雖然以可能性來說很高，但他在B8的最南端。雖然也有可能是下方的B9，總之開始時周圍只有組員的GPS反應。」

可是，一小時後的上午八點，南雲的周圍開始聚集多個組別。

到上午九點又更加顯著，他們很明顯都聚合在南雲身邊。

接著從這邊開始，這個團體組別開始行動。

如果以上午十點十一點往下看，異常感就會浮現而出。

「有很多組別聚在一起行動呢……就像魚群一樣。」

「如果看著整體根本不會留意，但試著縮小範圍，就會看見完全不一樣的事情，對吧？」

七瀨聽完解釋後點頭兩次作為回應。後來我也讓她滑到下午三點的地圖。

「這個行動是為了獨占課題嗎？」

「這恐怕是不論課題為何，南雲都可以藉由調整夥伴順利拿下第一名的機制。」

可以說是完全不複雜，非常單純又強力的戰略。

「可是，這樣南雲學生會長以外的小組都拿不到分數吧？我不認為他們都是同一張行程表，而且還互相合作讓特定組別獲勝……儘管這是任何人都想像得到的點子，但不可能實際執行。」

其他組別必須前往他們的指定區域。

再說，要是把課題讓給南雲組，也無法在課題上得到最高分吧。

「說得沒錯。因為這項戰略之所以成立，就是要無視無人島考試這個大前提。我們原本不能互相合作並讓特定組別獲勝，這是為什麼呢？」

「當然是因為這攸關班級點數與退學。」

我讓七瀨看了看聚在南雲周圍的組別成員。

「這個……負責陪襯的組別都是掉到後段組別的學長姊們……」

「這些組別中沒有參入任何A班的學生。」

「我記得三年級要追上A班的話，有一段讓人絕望的班級點數差距。」

「換句話說，不管B班輸掉還是D班輸掉，都不會對戰局造成影響。」

一年級生和二年級生在班級對決上都還沒進入放棄的階段。正因都以A班為目標並激烈交鋒，所以認為絕對不能掉到後面。

然而，只有三年級可以無視這種框架，四個班級互相合作。

「這個戰略的強項，就是落入後段的組別可以盡情地隨心所欲。就算只擁有一分或是擁有五十分，位居後段的壞處都不會變，只會失去班級點數並退學。」

「如果全力支援特定的組別，擁有的分數理應就會接近零吧？雖然三年級的組別的確掉到後面，可是他們還是擁有二三十分吧？」

如果連基本移動都無視，課題也一律無視，當然會拿不到分數。

「倒不如說，因為連續的懲罰，所以分數接近零也不奇怪。」七瀨說。

我不回答並催促七瀨思考，她開始一點一點地發現其中關竅。

我推她一把似的稍微補充：

「戰略被識破的話，效果就會減低。為了不被識破，要怎麼做比較好？」

「如果零分的組別多達兩三組，他們在做些什麼，很明顯會完全洩漏給其他年級。所以為了讓人難以發現，而讓他們拿到一些分數……」

七瀨大概在心中推導出理由，這麼說並看向我。

沒錯，應該就是因為這樣，才顯得南雲手段高明。如果有很多小組都是零分就會太明顯，像是在到處宣言自己正在執行詭計。

「實際上好像可以認為有多個小組在支持南雲，但每一組都至少有一人會為了踏入指定區域而行動。」

「是為了不讓懲罰累積，讓扣分變多，對吧？」

藉由這麼做，逐步累積最基本的得分。

「應該認為那些幫忙南雲的組別也有被要求進行競爭。畢竟只要讓出第一名，不論是誰拿到第二名和第三名都一樣。所以後段之中的排名有時候也會調換，或是分數拉開距離，完全可以假裝有在認真面對這場特別考試。」

假如沒有搜尋十次GPS，就無法識破這個戰略。

就算覺得可疑，也會止於懷疑。

「他們打算抱著退學的覺悟，讓南雲學生會長獲勝嗎？就算升不上A班，難道不會希望避免退學嗎？」

「其中說不定也有人想法特殊，但基本上妳說得沒錯。應該是因為南雲也有在這個計謀背後獨自準備補救措施。」

「獨自準備補救措施嗎？」

「三年B班以下只憑藉反覆進行特別考試，是不可能在A班畢業的。不過，要是透過協助南雲而有可能升上A班的話呢？」

「假如這是唯一的方式……說不定就會幫忙。」

要在B班以下畢業，還是孤注一擲爭取在A班畢業——假如是二選一，就算有志願者出現也不奇怪。

「總覺得有點搞不清楚是校方在舉辦考試，還是學生會長在舉辦考試了呢。」

「實際上就是這樣吧。畢竟南雲掌握了整個學年嘛。也就是說他不會是遵守規則的那一方，而是制定規則並支配一切的那一方。」

真不愧是南雲，居然能打造出這種狀況。回顧高度育成高中至今的歷史，說南雲是空前絕後的人物恐怕也不為過。

當然，我們二年級也並非羨慕地看著，任憑南雲為所欲為。

特別考試的第五天，我對龍園和坂柳提出某個建議。那就是藉由只有整體二年級的「一部分」互相合作，來通過特定的課題。簡單來說，就和南雲採取的戰略性質相似。只不過我們並不像南雲那樣，只把得分集中在特定組別使其勝利。由於二年級算是在互相競爭，一旦牽扯到得分，無論如何都會談不攏，因此要把得分以外的要素當作彼此合作的條件。坂柳或龍園這些人也對幾個同學組成的組別感到不安，我以互補的形式得到了對等的談判。例如說，他們幫忙二年D班組成的須藤組解放人數上限，而我們則幫忙二年A班組成的小組解放人數上限。

即使互為敵人，只要利害一致，雙方就可以毫不猶豫地聯手。

這可說是二年級領袖們的其中一個優秀之處。

當然，我認為如果是在一年級時進行，這就不會進行得這麼順利。

這是所有人都累積長達一年半的經驗才能實現的事情。

「我充分了解了。對學長來說，付出十分換取情報並不算高風險，對吧？」

「我雖然沒有放棄爭取前幾名，但幸好高圓寺正在奮戰。倒不如說，我希望隨時都有材料可以支援夥伴。」

「高圓寺學長還真厲害耶。自己一個人緊咬南雲學生會長的組別。」

高圓寺確實厲害，不過這與事實應該有出入。高圓寺和南雲組是不相上下的拉鋸戰。每次確認前段組別，任何人應該都會這麼想——「高圓寺在獨力和南雲組競爭」。然而實際上，南雲組只不過是在配合高圓寺演出拉鋸戰。

南雲在可以確認前幾名的第十二天結束前，應該都會維持這個狀態。

然後在無法確認分數的剩餘兩天全速衝刺。

藉由這麼做，甩開在終盤耗盡力氣的高圓寺，留下只有南雲勝利的結果。

而自己利用眾多夥伴的組別，不擇手段地賺取課題的事實也不會因此露出馬腳。不過，如果南雲能配合高圓寺，這對我們來說也是他替我們留下勝算的機會。

「總之，我們先試著以這些情報為基礎，試著調查天澤在第六天做出什麼行動。」

七瀨也因為這句話，理解到這十分的消耗又附加了新的價值。

「早上的時候，天澤好像不在指定區域裡耶。」

原本晚上和行程表相同的我們在相同的指定區域設營也不足為奇。

ＧＰＳ反應卻留在下方兩格的區域。

不知道是不是因為她單獨過夜，看不到ＧＰＳ重疊的記號。

「這是指定區域公布後的一個小時，早上八點時的情況。」

「當時我們要前往的是Ｂ６，對吧？」

「是啊。天澤好像是以跟我們不一樣的路線前往Ｂ６。」

考慮到一小時內移動的距離，這速度非常快。

她可能是速度比普通行走更快，或者確實地前往了最適當的路線吧。

不論是哪一種，都難以想像她是會獨自走在森林中的女生。

我確認接著下一小時的地圖，發現她在指定區域右側一格的C6區。感覺她是在一小時內踏入指定區域，並前往隔壁的課題。

「我再次體認到這個還真厲害呢。地圖上可以清楚看出每個人的行動。」

可以說她至少在第六天的上午都和其他學生們一樣在應考。

我進一步依序從第三張到第七張觀察天澤一人。

她沒有特別奇怪的動作，確實地踏入指定區域，同時也參加了大約三項課題。雖然實際有無得獎，看過七瀨的平板大概就會有一定的了解，結果出色與否並不重要。

「至少第六天下午五點的時候，天澤好像沒有要靠近我們，也沒有做出可疑的行為。」

「……真遺憾，也就是說一無所獲了呢。」

「不，這就夠了吧？至少天澤對特別考試表現出一定程度的認真態度。然後，她沒有露出可以被人在GPS搜尋刺探的破綻。」

認為除了特別考試的時間，她從傍晚到早上都有某些動作這點不會有錯。雖然我也可以在那個時間搜尋GPS，但那已經只能算是放棄分數的行為。

這時，我收到校方傳來的追加通知，內容是有關今天特別考試中止而無法取得的得分。

『由於天候不佳，第七天的基本移動與課題只消耗了四分之一左右，因此我們決定以這種形式彌補——最後一天的抵達加分、抵達順序報酬與課題帶來的報酬，全都會變成兩倍。另外，天氣預報顯示明天早上天氣將會好轉。』

最終日與首日相同，一天的考試時間只有四分之三。

在這種意義上彌補，分配似乎剛剛好。

「這或許也會變成一點逆轉的要素呢。」

最後一天普遍會認為勝負大致已成定局。假如分數變成兩倍，很容易會出現逆轉的現象。

「這麼早就做出判斷，把最後一天的分數變成兩倍很正確呢。這麼一來，學生們就有時間可以重新研究後半段該如何行動才好的戰略。」

今天可以完全放假一天；相對地，應該也有組別認為：要修正明天之後體力分配的步調，並且保留到最後一天吧。反之，就算有組別趁著步調下降的空檔，從第八天開始加速也不足為奇。

不過對我來說，包括今天的壞天氣在內，這個判斷都不太能說是我樂見的發展。

我盯著平板看了一會兒，發現突然變安靜的七瀨正在打瞌睡。有時意識好像差點飄走，眼睛一睜一閉。

「雖然現在還是白天，但妳最好還是先睡一下吧？」

畢竟她從早上就強行爬山，加上因為與我戰鬥，而一口氣耗盡了體力。一而再再而三超越極限，那些疲勞感應該正在湧現才對。

「咦，啊……不好意思！」

她急著想要端正姿勢，卻無法輕易驅逐睡意。
更別說她還遍體鱗傷。
「我回去自己的帳篷了喲。」
她應該最清楚自己的狀況。
繼續以忍不住打瞌睡的狀態留在這裡，只會打擾別人。
「這樣比較好。」
之後，從下雨的狀況看來，今天一整天大概都沒辦法好好行動。
既然如此，就應該儘量多休息一秒，讓身體休息。
話雖如此，辛苦的地方在於帳篷裡並不舒適。
七瀨轉過身打算離開帳篷，接著回頭看我。
「雨停之後，我想直接去追天澤同學。畢竟已經知道她是White Room的學生，而且我也很在意她今後的動向。」
確實就算緊黏著我，也完全看不出來現在是什麼狀況。
天澤應該也不能對同組的七瀨太無情。
「天澤以White Room學生的身分順利地活到現在，這件事實會是個威脅。不受性別或年齡的限制很重要。」

「雖然不清楚細節，但意思就是說，她是極為強大的對手吧。」

如果是單純的戰鬥能力，可以認為她超越須藤與龍園。就算他們在力氣層面贏過她，技術層面也會遙遙領先。再說憑七瀨的話，就算她使出渾身解數應該也沒有勝算。

「而且你們那一組還有寶泉。」

「假如只論單純的強度，他也不是我可以壓制的對手呢。」

七瀨點頭表示她明白，但危險的不盡然是力氣。

倒不如說，最好別把寶泉當成只會單靠力量行動的對手。

「我認為寶泉是White Room學生的可能性非常低，但因為有天澤的案例，所以無法百分之百確定。總之，我的事情是其次，妳要保護自己。」

雖然前提在於，他們最大的目的不是把我逼到退學。

「我不怕退學。為了保護綾小路學長，我什麼都願意做。」

儘管我自認給了忠告，可是七瀨並沒有輕易聽進去。

「稍微換個說法。要是妳貿然行動，可能會對我造成意想不到的傷害。我希望妳儘量避免做出會伴隨風險的行動。」

我表示自己擔心的不是七瀨本身，而是她今後對我造成的危害。

這麼說之後，七瀨堅毅的表情就變得像幼犬一樣柔弱。

「這樣……可不行呢。我不能再給綾小路學長添麻煩了。」

「如果妳是這麼想的，那麼就請妳謹慎行事。可以吧？」

「知道了，我答應你。」

只要我這樣事先傳達，七瀨大概就不會因為粗心而做出奇怪的行動。

畢竟她應該不想做出恥上加恥的行為。

七瀨回到自己的帳篷後，我再次看向平板。

我要確認的是前十組與後十組的得分。

接著根據我自己的得分整理現狀：

「前十名一覽」

二年級高圓寺組　一百六十八分　第一名

三年級南雲組　一百六十六分　第二名

三年級桐山組　一百五十分　第三名

三年級溝江組　一百三十三分　第四名

三年級落合組　一百三十三分　第四名

二年級龍園組　一百二十八分　第六名

二年級坂柳組　一百二十七分　第七名
一年級高橋組　一百一十五分　第八名
二年級神崎組　一百零四分　第九名
三年級黑永組　一百零一分　第十名

而我是七十八分，第四十九名，與第一名的高圓寺的差距多達九十分。

雖然看起來是怎麼樣都不可能逆轉的分數差距，只要拿到抵達順序報酬第一名，加上抵達加分就會得到十一分。而一天有四次抵達獎勵，如果可以連續九次拿下第一名，就能追上這段差距。當然，前提是對方沒有累積到任何分數。

假如高圓寺就這樣沒有放慢步調並順利累積分數，他最後的得分就會落在三百五十分左右。如果我打算追上，一天就必須賺到將近四十分。別組聽見這件事，都會認為絕對辦不到而放棄。然而就算高圓寺異於常人，到了後半場比賽，速度應該也會下降。

「不過，第十名是一百零一分啊……」

學校在說明這場無人島特別考試的所有規則時，我還以為在進入後半場的時間點上，整體組別的分數都會稍微偏高。然而根據前十組的分數，還有目前七十八分的我位在第四十九名，都讓人深深感受到：從初期到中盤，整體分數難以提升的印象。以第二天第三天為頂峰開始出現疲態，可以看見漏掉抵達指定區域、受懲罰，以及不參加課題的狀況逐漸增加。

不過由於小組開始穩紮穩打地合併，所以組別的總數量正在漸漸減少，不能忘了這點。

假如我要擠進前幾名，必須在後半場的鬥爭中大幅成長。

然後，關鍵的「第十名的得分」就變得極為重要。

正因為如此，前半段我才會儘量有個安靜的開始，沒有勉強自己。

雖然計畫在明天的第八天才會發揮作用，由於第七天的考試因為大雨而中止，可以預想第八天和第九天會再次迎來疲勞的巔峰。然後，應該也會有一些組別以此為契機，盯上最後一天的兩倍分數而保留體力。

單人在這場特別考試上看似毫無勝算，可是它的規則——基本移動與課題的關係卻有相反的性質。

如果以最快的速度前往指定區域，就會錯過課題；如果瞄準課題，就會提升錯過抵達順序報酬的機率。不管是單人，還是人數多的組別，規定都是共通的。抵達順序報酬在小組最後一人踏入的階段才會決定這點，以及必須跨越能否參加出現的課題這道門檻並進一步獲勝，才得以獲得大量分數的機制，真的設計得相當巧妙。

雖然不知道雨會不會停，明天開始的後半段戰鬥，我打算採取新的戰略去應戰；但七瀨的存在之類的事情，有些地方也令我很在意。

一直默默地行動

直到接近天亮都還一直下著大雨，使得學生們心中蒙上一層不安的陰影。

可是雲雨在早上六點時就像騙人一樣消失得無影無蹤，變回前天以前那種晴天，天空一片蔚藍。話雖如此，由於森林深處沒有陽光照入，因此踏腳處很難行走，回去應該要花上一段時間。

「隨時都必須解決食材問題呢……」

我已經無法維持高中生一天所需的卡路里攝取量，能量開始慢慢地不足。由於沒有訓練刻意適應飢餓，我第一次體驗長時間保持空腹的狀態。

只要沒有延誤最低限度的水分補給，還是可以進行活動，可是這種狀況不是很好。因為這會導致免疫力低下，因此也會變得容易生病。儘管吃野生動物或昆蟲的辦法也不是不可行，但這終究是最後的手段。

只要點數有剩，就可以在起點購買，但種類也極為有限。

也就是說，要得到食材基本上只能靠在前段名次通過課題，或是得到參賽報酬。

不過，今後獲得食材的課題，競爭率將會越來越激烈。

「準備好了。」

一切準備就緒的七瀨揹著背包靠近我。

「天澤基本上都會前往指定區域，對吧？」

「從分數增加的方式看來，我想應該沒錯。因此要是方便的話，請讓我和你一起走到第一個指定區域。」

我沒有出聲地點頭回應。假如要前往相同的目的地，我沒有在這裡推開她的理由。走了不久，七瀨開口說：

「天澤同學是第六天傍晚過後，在第七天早上過來追我們的吧？」

「簡單想，她應該是第七天早上利用搜尋靠近我們的吧。」

由於無法看見使用紀錄之類的東西，因此大概沒有任何證據顯示天澤確實用過；不過只要知道分數從第七天開始減少，就可以得到天澤或寶泉其中一方用過ＧＰＳ搜尋的確鑿證據。因為他們好像不在前十組與後十組，所以可以確認這些事實的只有同組的七瀨。

「我當然確認過平板了。可是……就我的記憶來說，第七天早上那時累積的分數並沒有減少半分。」

也就是說，如果相信自己的記憶，那麼天澤就沒有使用ＧＰＳ搜尋。

「雖然我不清楚早上天澤同學在什麼地方，不過我們當時也急著趕路。如果她不在附近的話，要追過來也不簡單吧？」

「正因如此，她為了追過來，應該也費盡不少心思。」

天澤與帶著背包行走的我們不一樣，是輕裝的狀態。

換句話說，只要跟著我們一段距離，就有可能接近我們。

「如果要知道具體的地點，或許該認定她使出了某些伎倆。」

「意思是天澤同學是從某人那裡問出綾小路學長的位置嗎？」

「可能吧。」

不論是什麼手段，現階段都難以得到確鑿的證據。

1

「學長，我們要先在這裡分道揚鑣了呢。」

我們從D3抵達E3，彼此獲得一分後，七瀨就這麼開口說。

「妳打算怎麼與天澤和寶泉會合？」

GPS搜尋是可以知道對方位置的傑出功能，卻很難說適合用來與人會合。

倒不如說，對講機那種可以直接對話的道具還比較合適。

「雖然胡亂移動也遇不到他們，但我也不能把得來的分數反覆使用在與他們會合上。我會先用剛才得到的一分追蹤ＧＰＳ的反應，假如這樣找不到他們，我想接下來就要腳踏實地趕去指定區域了。」

她應該是說，會採取最低限度的做法，之後只要時間允許就會尋找天澤和寶泉。

由於在這裡問她天澤的位置也沒用，因此我先聽聽就算了。

「如果要試探一年級生的行動，如果不是和我一樣的一年級生，可能會有難度。假如有可疑的動作，我會趕到綾小路學長身邊。」

儘管七瀨如此幹勁十足，但瞎忙是最可怕的呢。

「不要勉強自己嘍。」

七瀨低頭致意後，拿著平板離開我身邊。

如果他們可以馬上會合就好了，但這點取決於其餘兩人的動向吧。

假如他們總是會往指定區域奔走，事情就好解決了；但他們兩個即使展現無法預測的行為也不奇怪。我看著七瀨的背影消失在森林中後拿出平板。這樣總算回到獨自一人，可以開始後半段的戰鬥了。

「附近沒有課題嗎……」

距離此處直線約四百公尺處有課題，但課題從開始受理已經過了二十分鐘，路程需要十五分鐘，總共是三十五分鐘。而且可以參加的組別是五組，數量並不多。

我判斷現實上很難參加這個課題，所以決定休息，不勉強自己。我原地等候下一個指定區域發布，在體力恢復之後起身。

到了九點，我拿出平板開始行動。

根據公布的地點，會影響我要以最短的距離前往指定區域，或是前往課題。

我馬上做確認，但今天的第二次是隨機區域。

出現的區域是Ｅ６，想到隨機區域是從這邊往下走三格，可以說位置很近。

我立刻邁出步伐，同時頻繁地操作平板。

確認現在出現的課題，並且決定方向。

要在有限的一天之中得到更多分數，須講求「效率」。

因此關鍵在於儘量排除「運氣」這項要素。

下午四點前，在我結束參加的課題，正要離開那個地方時——

「綾小路同學？」

從特別考試第一天分開以來，我第一次見到堀北。

儘管她露出有點驚訝的表情，但沒有顯得特別疲累的傾向。

「八天不見了呢。」

「是啊。」

我們在Ｆ７，實現考試開始以來再次相見。

「與其說是來看課題，妳倒像是單純路過。妳要去哪裡嗎？」

「我要去Ｇ８喔。中途經過這裡。你呢？」

看來她要去的區域比我遠一格。

「我是Ｆ８。方向似乎一樣呢。」

由於站著說話很浪費時間，我們自然而然地並排而行。

如果直到中途都走相同的路線，這麼做應該是最佳解吧。

「妳好像比我想像中更有精神耶。這麼一看……妳還是單獨一人嗎？」

「是啊。雖然有很多辛苦的事情，但一個人輕鬆的地方也不少。」

一個人確實就不用顧慮他人，或是配合別人的步調。可是，堀北截至目前為止應該都沒有名列後段的名次才對。儘管這應該就是她順利累積得分的證據，話雖如此，她不見疲態仍然很不可思議。

「我很有精神就這麼不可思議嗎？」

「我見過的學生好像大部分都很累。」

「有發生什麼奇怪的事嗎？」

「奇怪的事？啊啊……話說回來，妳有沒有在哪裡聽說篠原他們的事？」

「嗯。今天剛聽說喔。在這種意義上，幸好我遇見你。」

聽說堀北經過起點附近，在那裡被二年A班的學生搭話，並且見到了坂柳，然後得知小宮他們退出的事情。

接下來的過程，就是聽坂柳提議的戰略、接受談判。

「妳沒拒絕呢。」

「畢竟沒理由拒絕。而且也絕對要避免讓篠原同學退學的事態。你好像是最先發現的，你知道詳情嗎？」

「不，沒有特別了解。我認為事件和意外，兩者都有。」

我作為在近處目擊那個現場的人做說明。

當然，沒有提及事件的背後暗藏天澤一事。

「篠原同學的組別排名一口氣下降，目前是倒數第七名。這樣下去，今天之內可能就會掉到退學的危險名次，必須抓緊腳步才行。如果找不到小組合併，最壞的狀況就是我來採取行動。我在與你會合之前幸運地通過課題，成功拿到三個名額空缺。」

這是個好消息。解放組別名額上限的課題很少，很容易聚集學生。

要在這裡拿下第一名，應該不是件輕鬆的事情。

「可是這樣會變成只有妳和篠原兩人必須拿得分數。可以的話，我希望我們和坂柳的合作可以順利，讓他們被狀況良好的組別吸收。」

堀北也對此表示同意，點頭回應我。

「話說回來，我這八天在無人島上到處走，深深感受到一件事。那就是擁有對講機的組別，比我想像中還要多喔。就像坂柳同學會把篠原同學的事情轉達給A班夥伴那樣，我看見他們在各種地方聯繫。」

「在順利統合班級且遊刃有餘的前段班，這種傾向好像特別強烈。視使用方式而定，支付高額點數換取遠距離交換情報的工具還滿值得的。」

「如果我們……也能更信任彼此，是不是就辦得到這些事呢？」

大概是有點難以想像，堀北稍微用力地抿嘴。

「就算有，也可能無用武之地。對特別考試不一定是加分。」

「說得也是。」

我拿出平板，確認有沒有出現新課題。

這時，附近出現只要參加就可以得到食材，無風險又不費工夫的課題。

而且可受理的組數為十五組，數量相當多。

但能獲得的分數是只有一分的參加獎，得分的魅力很低。

「我的食材所剩不多，打算順路去參加這個課題。堀北妳要怎麼做？」

如果要拿指定區域的抵達順序報酬，最好在這裡無視課題並前進。

「我剩下的食材也不多了，我也要順路去課題。」

由於彼此的優先順序都一樣，我決定稍微變更路線，過去通過課題。

雖然這是非常令人慶幸的課題，可是參加的競爭率相當高。

我和堀北加速行走，趕往課題地點。果然是因為目的地都相同吧，我在路途中看見越來越多一年級和三年級，而其中當然也有二年級的組別，所有人都往相同的方向前進。發現周圍都是競爭對手後，大部分的組別都拔腿飛奔。

「我覺得妳不用在意我，可以趕快過去。」

「你才是。既然食材已經不多，就應該拚命趕過去吧？」

「我只是已經沒力氣跑步了而已。」

「我也差不多喔。」

儘管在趕路，但不打算浪費體力的態度和我一樣。

也看得出持續單獨行動的堀北還有一定的餘力，而且她也是以與我類似的步調分配來挑戰無人島考試。

後來趕上參加課題的我們，決定在那裡和許久不見的同學們聊一下天。從這裡急忙前往指定區域大概也拿不到抵達順序報酬，既然如此就共享情報到最後一刻，有些資訊應該也會在之後的後半場戰鬥發揮作用。

而且，還有很多學生不知道篠原身處的狀況。

這天，我在基本移動上得到四分，然後在參加四項課題得到十四分，合計十八分。總和分數是九十六分，名次是第二十三名。今天全體的移動感覺比第五天和第六天活躍，但有些組別幾乎沒有動作，所以這天給人一種他們和保留體力組出現明顯劃分的印象。我以為第八天會是激戰，結果應該算是不錯的一天。然後前十名的總分數沒有大幅更新，第十名是一百一十一分，依然是黑永組。

明天我要維持在理想的名次，可以的話，近期也想和坂柳見面。

我期待從指定區域前往起點這個路程，然後決定就寢。

與孤獨的戰鬥

我揮開纏在衣服上的蜘蛛絲，緩緩從身後將背包卸下。

無人島考試迎來第九天，依然是個悶熱的一天。

我順利抵達第四個指定區域，大口吐著氣。

總算勉強按照預定順利抵達目的地了。

額頭冒出的汗水慢慢流下鼻梁，於是我用手臂擦拭。

下午三點發布的第四次基本移動，是從H9往D5的長距離移動。要在時間內抵達目的地，是相當費力的大工程。

雖然途中也出現了一個可以拿下的課題，但我還是放棄它，降低自己被懲罰的風險。

儘管需要將近兩小時，但包括其他行程表的學生們在內，到達這個區域的組別並不多，我成功在抵達順序報酬上拿下第三名。

我對結果總體上沒有不滿，但沒能如願前往起點並見到坂柳。

現在勉強過去又會過度消磨體力，我不想勉強自己。好幾組隸屬於二年A班的組別與我擦身

而過，我都搭了話，可惜沒有半個小組持有對講機。我要明天早上直接過去嗎？不對……這也很微妙。

我暫時擱置坂柳的事情，進行本日的總結。

「加上今天得到的所有分數，總分數是一百一十二分——嗎？」

維持在第十名的黑永組合計得了一百二十三分，分數差距只有十一分，而我升到了第十三名。考慮到不久後就是下午五點，今天有可能會以這個差距結束。

雖然我的目標是第十一名，十一分的差距應該還在容許範圍內。雖然有七瀨的那件事以及天候不佳的影響，目標達成的時間比預計還要晚，不過我還是成功到達一開始瞄準的絕佳位置。

沒錯，我在這場無人島特別考試開始的階段，就打算拿下第十一名。目前是第十三名，稍微低了一點，但重要的不是這點，而是「盡可能將順位保持在靠近第十名」。

為了站上領獎臺，累積分數是無可避免的作業；但不管是單獨一人，還是使用增援卡組成的七人小組，只要進入前十名的組別就會被公開，即使不願意也會引人注目。

引人注目就會被競爭對手們提防，早早地增加被妨礙的風險。

在避免這種事情的同時，剩下來能爭取的理想名次，最高就是第十一名。可是這個作戰也有幾個缺點。這個戰略的性質上，需要嚴格管理得分，一旦分數調配失敗，瞬間也可能會出現在十名以內，如此一來就成了失敗的戰略。

更大的缺點，就是這個戰略非常依賴第十名組別的成績。第十名到第一名的分數差距越小，我就越容易逆轉；然而反之，只要分數差距越大，要追上他們就會需要更多分數，因此將會難以逆轉。

正因如此，更需要前段名次的小組互扯後腿……

然而互扯後腿的狀況比想像中還不活躍，導致目前任由一部分的組別遙遙領先。

取而代之，二年級整體之所以能在戰鬥上相對地占優勢，在於低年級沒有抵抗，以及高年級沒有施壓。妨礙本身也能說是種犧牲自己的行為，所以假如沒有多餘的得分，就會很難執行。

讓人在意的是南雲的動向。儘管覺得可以對角逐第一名的高圓寺做些什麼對策，但是就我在GPS上看到的行動，目前沒看到南雲妨礙對手的情況。雖然也可以想像是因為比起踢下對手，他們更傾力於自己賺取得分……

「就算我沒有獲勝，如果高圓寺可以就這樣拿下第一名或第二名就好了呢。」

維持在第十一名附近不會引人注意，即使碰到天澤或一年級生的妨礙而被剝奪時間，我也不會掉到後段。

我自己該做的，就是在第十二天結束以前不斷潛伏在前段名次。

我在樹蔭下慢慢休息，等汗乾了之後重新揹起背包，從最後抵達的區域稍微移動，走向隔壁的區域。

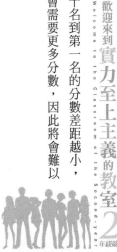

因為我打算在稍微偏離邊界的地方找個空地。

現在是日落時分，差不多必須決定晚上紮營地點的時刻。我發現好像已經有人先行抵達，視野中可以看見一頂孤零零的單人用帳篷。在這炎熱的天氣之中帳篷的入口卻是關著的，所以應該沒人在吧？也可能是對方在偵查四周，或是去上廁所了。

「真是個好地方呢。」

這附近好像沒有那麼多這麼開闊且平整的地方。

就我來說，如果可以在這一帶紮營，各方面都會很輕鬆。

可是我現在是自己一個男的，和七瀨一起行動的時候不一樣。

假如帳篷主人是女生，貿然接觸可能會引起糾紛。

比起這個，對方單獨搭帳篷是怎麼回事？

是與組別各自分開行動，還是原本就是一個人呢？

如果是後者，幾乎有可能會是我認識的人。

在這裡搭帳篷也好，不搭帳篷也罷，我都想確認主人是誰。

所以我決定暫時站在這裡觀察情況。

如果是外出隨便走走，就會在太陽完全下山之前回來；帳篷裡傳出聲響的話，我可以到時再出聲。

我知道現在馬上搭話才是最有效率的做法……但這裡就體諒我一下吧。

接著試著等了十分鐘左右，可是完全沒有回來的跡象以及聲響。

難道說對方提早就寢了？

由於好像沒有其他夥伴來會合的氣息，因此我決定做好覺悟。

「有人在嗎？」

我在帳篷旁這麼搭話。

雖然屏息觀察反應幾秒鐘，但沒有傳來任何聲響。

「不好意思，我想在附近紮營，不方便的話就跟我說。」

我以對方不在為前提先打聲招呼，將背後的背包放到地上。

當然，有和對方的帳篷保持適當距離。

縱然有點好奇對方是誰，不過我沒多久就搭好自己的帳篷。比起在去年的無人島上搭建的帳篷，我再次讚嘆現在這種帳篷在組裝上變得很簡易。

不只這樣，不用顧慮別人這點，也讓人覺得單人帳篷真的很棒。

不過，或許就是因為我會有這種想法，所以朋友才不多。

如果是開朗的人，應該會說沒辦法大家一起睡的帳篷很無聊吧。

該不會我有一天也會這麼想？

「……真是無法想像呢。」

那大概是我絕對不會迎接的未來。

「才想說來了個怪人，想不到是你啊。」

當我在準備更衣時，有人從背後搭話。

看來一旁孤單帳篷的所有人，似乎就是伊吹。

「我很吵嗎？」

「還好。」

伊吹簡短回答後，馬上往我瞪了過來。

原以為她會對我說什麼，她卻馬上回到帳篷裡。

我覺得她這副模樣有點不對勁，決定觀察一下伊吹的帳篷。

「可以打擾一下嗎？」

即使出聲詢問，也沒有聽到伊吹的回應。只聽到那邊傳來細微的聲響。

「我有些事想問妳。」

我這次試著這麼搭話，不過她還是沒有回應。

雖然感覺只是單純在無視我，但她又好像在偷偷摸摸做些什麼。

「我打開嘍?可以吧?」

以防萬一，我等了大約三十秒才打開帳篷入口。

「……幹嘛？」

我窺視裡面，看見伊吹坐在地上吃著什麼東西的模樣。

「妳還真——不對，妳在吃什麼啊？」

「肉乾。」

「肉乾？……發下來的無人島手冊上沒有這種東西吧？」

也就是說，她是自行通過購買生肉等方式確保食材，然後再進行烹調的吧。

不過獨力製作肉乾應該費時又費力。重要的是，伊吹在開場時對堀北說出下戰帖般的發言，

接著馬上就前往指定區域。

如果把生肉帶著走，在這種夏季顯然不到幾小時就會腐敗。

這麼一來，應該可以認為二年B班全體有製作肉乾的部門吧。

某個組別包下製作肉乾的工作。

因為就成本效益來說，能用相當便宜的價格取得。就攜帶型食物來說，效果當然很好，但是像肉條等已烹飪、可長期保存的食物，都會需要花費高昂的點數，所以CP值很低。要準備相同數量的肉乾，從生牛肉開始下工夫製作才可以便宜量產。

雖然沒看到龍園他們的食材，不過應該可以認為他們行動時，同樣拿著以肉乾為主的緊急食

品。即使只能省下幾餐，也可以略過競爭率一定很高的食物相關課題。

「怎樣都無所謂吧？不關你的事。」

我擅自做出各種想像，但好像無法從伊吹那裡問出真相。

儘管如此──她是單獨參加這場考試，而且就我目前知道的，伊吹沒有掉入倒數十組。她應該是靠著不斷硬幹並持續累積得分的吧。

伊吹要在學力相關的課題上得到前幾名，實在希望渺茫。

這麼一來，她主要的得分來源，就會是以指定區域的抵達加分，以及抵達順序報酬為核心。

或是鎖定主要要求運動神經的課題。

因此累積的疲勞，當然無可避免地會比其他學生們還要多。

就結果來說，不管是誰都明顯看得出來，她的精神狀態消耗得十分厲害。

不對，說是已經超越極限也不為過。

「考試開始之後，妳跟多少人說過話？」

「啥……？」

大概是沒怎麼睡，她的眼睛下方也微微冒出黑眼圈。

「……只有跟堀北呢。你也聽見我說不會輸給她了吧？」

「也就是說，妳自從開場時說過話，之後就沒有好好跟人對話吧？」

應該頂多只有在課程受理上開口回答是或不是。

「稍微跟人聊天會比較好喔。」

「我不可能跟敵人聊天。」

「既然如此，就算跟同班同學也好。到處晃晃應該會遇見吧？」

「我又不覺得班上的那些人是我的夥伴。」

她就像這樣一再封閉自己，才會變成現在這種狀況吧？總之，虧她能在這種狀態下撐過九天。然而考試還剩下五天。

她精神上那條緊繃的線要是在哪兒一瞬間斷開，有可能會一口氣崩潰。

假如單獨一組的伊吹退出，那個當下就當然確定會退學。

不過大家共同的認知，是希望同年級在這場特別考試中儘量別出現退學的組別。最佳良策是除了第七天考試中止可以休息外，再另外花上一整天休息。如果能什麼都不做平穩地度過一天，光是這樣，體力就會大幅回復。如果是伊吹，她也不是不可能靠中場休息恢復的體力熬過剩下的四天。

可是現實沒那麼容易。這看似簡單，但要花一整天休息其實是極為困難的行為。

即使強行休息，精神會不會恢復還是另當別論。

競爭對手會在自己休息的期間累積得分。

伴隨而來的，大概是自己放鬆的期間可能會導致排名下降的壓力。

普通人是沒辦法放空度過考試的。

再說，無視所有指定區域也關係損失的得分。

而且累積懲罰的話，隔天開始又會很難熬。

「你出去啦。」

「……我知道了。」

雖說對象是伊吹，但她畢竟是女生。

在快天黑的這個時間窺探異性的帳篷，不能說是個正確的行動。

就算現在龍園在這裡，我也很懷疑能不能根本地解決。

我離開伊吹的帳篷，再次開始清點整理到一半的衣物。

今天比較有風，好像能度過較為涼爽的一晚。

「欸。」

我將該做的事告個段落後，伊吹走出帳篷。

她踩著搖晃的危險步伐，但馬上又開始筆直地走路。

接著手插口袋，往我這邊靠近。

「你現在拿到幾分了？」

才想說她終於出來了，結果居然問了個大膽的問題。

「我們互相為敵人呢。」

「意思就是你不能告訴我吧。」

她以能被我聽見的程度小聲說了句：「小氣。」但我還是不能告訴她。

把我是第十三名這件事告訴她，在這座無人島上不會有任何人得到好處。

「沒錯。」

「要不然，只說比我高還是比我低就好。我的分數是——」

我出手制止打算自作主張公開自己得分的伊吹。

「抱歉，不論是什麼形式，我都不能回答。」

就算只回答高或低，一樣會給出提示。

即使是說謊也一樣。

假如我先回答比她低，雖然也能認為是安全牌，要是她知道我在獲得分數上陷入苦戰，她也可能會湧出想要追上的氣勢。我必須避免情報不脛而走。

伊吹保持手插口袋的模樣咂嘴一聲。

「是嗎，那就算了。把你當回事只是在浪費時間。」

「沒錯。再說，妳真正的目標是堀北吧？」

堀北的名字一出現，伊吹疲倦的氣息就為之一變。

她把手伸出口袋，比著中指瞪過來。

「你要是見到那傢伙就告訴她——我絕對不會輸。」

「是可以，但妳要比中指的對象不是我吧？」

「你也一樣。畢竟你跟堀北很要好。」

不對，才沒有。

我跟她雖然沒有很要好，但對伊吹來說，那種互動應該就是很要好吧。

伊吹出來好像只是為了詢問分數，她問完之後打算再次回到帳篷裡。

「等一下。」

我叫住她，並走向背對著我回過頭的伊吹。

伊吹明顯對我有所防備，我一對她的手臂伸出手，她的戒心馬上就升到最高點，避開了我。

「啥？你想打架嗎？」

她似乎自顧自地判斷我是來找架打，邊說邊握起拳頭。

「我完全沒有打架的意思，不過——」

我再次快速地往伊吹的手臂伸手，抓起她的手腕，絲毫不給她反應的時間。

「你、你要幹嘛啦！」

她急忙踢過來，因此我用另一隻手進行防禦。原以為她會再次動手，但她不知所措地喘著氣，眼神飄向別處。

「我承認自己贏不過你，但總有一天我一定會對你踢下讓我滿意的一腳。」

真希望她不要擅自立下這種危險的目標。

「所以呢？堀北拜託你來妨礙我嗎？」

她別說理解我真正的意思，還提出奇怪的懷疑。

我與堀北是同班同學，她大概不可能把我的話聽進去吧。

一般狀況下，伊吹不可能這麼輕易接受休息，希望很渺茫。

「妳的心跳很快呢。」

「啥？」

「而且嘴巴裡看起來很乾燥，嘴唇也乾得很嚴重。這很明顯是脫水症狀。」

可是這樣下去，不久的未來警告鈴作響也不奇怪。

不對，警告鈴說不定已經響過一次了。

她會乖乖坐在帳篷裡，應該和疲勞有很大的關係，大概也是為了控制不要讓偵測心跳異常的警告鈴作響。

「什麼喉嚨……我已經不渴了。」

「已經不渴，意思不就是原本很渴嗎？」

我一放開手腕，伊吹就露骨地露出凶狠的表情與我保持距離。

「雞婆。我又沒在煩惱什麼。」

我馬上追上如此說完就要折返的伊吹並超前她。

「等等，幹嘛──你幹嘛啦！」

她這個人即使說了也聽不進去，所以我進到伊吹的帳篷裡把她的背包從裡面拖出來。

「讓我看看裡面。」

「啥？我怎麼可能給男人看啊？不對，即使是女的，我也不給看。」

「說得也是呢。」

知道不可能得到她的允許，因此我自作主張地打開背包。

「你怎麼隨便打開啊！」

背包裡有衣物、盥洗用品與肉乾之類的少量食材。

而且還只放了一個五百毫升的空寶特瓶。

由於可以把垃圾拿到設置課題的地點回收，所以她早就丟掉多餘的物品了嗎？寶特瓶裡連一滴水都沒有，可見很早之前就喝光了。

另外也沒看見用來當作聯絡手段的對講機。

「妳是什麼時候開始沒喝水的？」
「我根本沒必要回答你——」
「什麼時候開始沒喝水的？」
這次我也帶著嚴肅的眼神，加強語氣地反問。
「……一整天，然後再多一點。」
「妳在這種狀態下到處走嗎？」
「我沒有到處走。今天一直都在這裡休息。」
「真是粗劣的謊言。上午這個地方可沒有ＧＰＳ反應。」
「意思是你搜尋過了？」
當然沒有。主要是在虛張聲勢，但這好像相當有用。
我只是不覺得為了贏過堀北而拚命的伊吹，會輕易地選擇休息。
「警告鈴響過了嗎？」
「……大概在一小時前吧。所以我才會無可奈何地決定提早休息。」
手錶的警告鈴系統，是只要不繼續出現異常就會停止作響。
然後經過一段時間就不會變成警報鈴，而是會變回警告鈴。
「如果一直無法補充水分，就算休息也會一直響。」

倘若控制不住開始加快的心跳，就會變成警報鈴。

到時也會加速脫水，接受健康檢查就免不了要被宣告退場。

「我明天會想辦法，緊急時也會去起點，所以不要管我。」

「這裡到起點可是有兩公里以上的距離。移動中倒下就完了呢。」

「那不管是課題還是什麼，只要我通過就行了。」

「妳就是做不到，現在才會辛苦吧？」

我只能想辦法把黑說成白，來壓制住伊吹。

我把背包從自己的帳篷拿來。接著掏出今天通過課題，剛拿到的兩瓶五百毫升寶特瓶。

「這是交易。」

「啥？」

「我剛好因為食材不夠而傷腦筋；相反地，水分有點供過於求，所以有多的。我判斷可以和現在的妳成立一筆對等的交易，所以要求談判。」

雖然水已經不冰了，但伊吹看見裝水的寶特瓶，還是吞了吞口水。

「妳要怎麼做？我再說一次，這是平起平坐的交易。我也要分到相應的食材。」

「誰要和你這種人……」

「妳要拒絕也可以，但我不會來談判第二次。」

我保持強硬的態度，伊吹就不說話了。

「假如妳就這樣在脫水的狀態下退場，就肯定會輸給堀北。我不久前曾見到堀北，她的氣色很好，也沒有在煩惱食物與水的樣子。」

現在最能打動伊吹的重要關鍵字——

不是威脅她會退學，而是堀北的名字。

「知道了……我接受這筆交易。但我要給多少才好？」

這樣下去伊吹的食材也不到兩天就會耗盡。

可是只拿一點，就不能說是對等的交易吧。

「剩下食材的一半，這樣就成交。」

「這樣就好？」

「比煩惱吃什麼，還有吃雜草要好太多了。」

伊吹在物品交換完的同時，一口氣讓寶特瓶的水流進喉嚨，喝完大約半瓶。通常我會要她珍惜，但考慮到她已經開始出現脫水症狀，應該儘早補充水分。

她好像很不高興我在一旁觀察，因而恢復銳利的眼神。

就算脫水症狀稍有改善，精神狀況也很明顯不尋常。伊吹必須不斷要求自己，就這麼抱著無法放鬆心情的強烈壓力。

她這種身心狀態究竟可以撐多久呢？

幾小時或幾天？但願她能熬到最後一天。

如果我在這裡和行程表不同的伊吹道別，考試中就不會再相見了吧。

我好像應該再跟她說句話。

「我是不會道謝的。這是對等的交易吧？」

「我沒有要求妳道謝。」

「不然你想怎樣？」

她整天繃緊神經，所以對接觸他人應該很敏感。就算這是在短期戰上會派上用場的能力，現在也只會不斷地把自己推上絕路。

「如果現階段名次沒有掉到後段，明天一整天主要都拿來恢復體力也不錯吧？或是切換到只瞄準食材或水的作戰也是個辦法。」

「你要我放棄得分？哈，別開玩笑了。」

伊吹對我的提議氣勢洶洶地發怒。

「我不是為了不想退學而努力。我的目標只有贏過堀北那傢伙。」

這個我知道。

雖然我知道，並為了提升她出勝的機率而給出建議……

然而伊吹自從知道我是X後就極度討厭我。
都怪她戴著多餘的有色眼鏡，我真正的意思無法傳達給她。
「我不會再跟你說話了。」
伊吹這麼說完，回到帳篷裡。
雖然覺得說服沒有用，但這應該暫且起到了警告的作用。
總而言之，如此一來今明兩天伊吹的身體狀況就沒問題。
接著只能靠她自己的力量重新站起，確保食物與水分了吧。
既然是單獨一人，得分也會有點讓人掛心，不過只要看見她強勢挑戰勝負的模樣，我也不認為她現在掉到了後段。
儘管時間還很充裕，但今天也花了一些體力，我就休息吧。
我決定在一直都很悶熱的情況下讓心情放鬆下來，度過這一晚。

1

一大早，我在外面上完廁所、帶著清潔袋回來後，便看見伊吹在帳篷旁邊做出可疑的動作。

「妳在幹嘛啊？」

「唔！」

她好像很專心在翻找背包，藏不住臉上的驚訝。

「妳想擅自看我的平板呀？還是妳有其他想要的東西？」

很不巧，我設定了螢幕鎖定，所以旁人不可能突破。

「我才不會做這種事！我只是……想確認交易是不是真的對等。」

她說完就離開我的背包。

「你的背包只剩下一罐喝到一半的水。這種狀態哪是有多餘的？」

我只離開不到一分鐘，但好像有點大意了。

這段時間似乎足以確認我背包的內容物。

話雖如此，我也沒有權力責怪她。畢竟我昨天也擅自確認了伊吹的背包。就算我糊弄她是因為我昨晚喝過水，也只會被問空瓶在哪裡。因為在無人島上丟垃圾違反規則。

「你打算幫助我，賣我人情嗎？」

「妳要是不調查，我覺得就不會變成是在賣人情。」

「唔！」

伊吹被一語中的，表情有點僵硬。

「也就是說，不論真相如何，這都是平等的交易。」
「總覺得無法接受……知道了。既然這樣，那我不會回報你任何東西。」
「倒不如說，要是我賣了妳人情，妳就願意回報嗎？」
「我才不會回報。」
「……這樣啊。」
意思是說，她單純是自己無法接受而忍不住調查。
後來對話停止，所以我就先回到帳篷裡。
才剛過六點半，就聽見伊吹在活動的聲響。
我打開帳篷入口窺伺狀況，看見她早已開始整理帳篷的模樣。
如果這是特別考試的第二天或第三天，我的感想就會止於「真是充滿幹勁」。
她強烈地散發出不要找她搭話的氛圍，所以我再次回到帳篷裡。
沒多久到了早上七點，公布了第一次指定區域，我被指定在E4。我果斷決定消耗一分進行GPS搜尋，得到所有學生的位置。
這搜尋很值得消耗一分。因為我和第十名的分數差距正在拉近，可能會以意想不到的形式超過。只要花掉一分，與黑永組的差距就會拉到十二分，就算我在抵達順序報酬上拿到第一名並獲得十一分，情況也不會逆轉。

地圖上大約有三組有可能與我爭奪抵達順序報酬的對手。

而且其中也包含了那個「強敵」，並且位在絕佳的位置。視情況而定，我打算不管基本移動，把補給物資放在最優先，所以這樣剛剛好。藉由這個搜尋，我可以確認目標課題的周圍有多少學生。也就是說，我可以儘早預測競爭率會是多少。

我做好準備離開帳篷時，已經不見伊吹的身影。

雖然考試開始前行動沒什麼好處，但她想儘快從我身邊逃離也說不定。

2

指定區域距離紮營地點很近，但我還是花了一個半小時才抵達。我確認手錶收到的信號，得知自己沒有抵達順序報酬，並且只有抵達加分一分。因為在前來的途中遇到了課題，所以我當然沒有不滿。

這個位置的標高很高，眼前的景觀可以稍微環顧無人島。

「你來得真晚呢，綾小路。」

視線不遠的前方，鬼龍院俯瞰懸崖下方並這麼對我出聲。

「好像是呢。」

我事前調查後，判斷她是和我相同行程表中最為棘手的人物。

「我覺得抵達順序報酬的競爭對手裡有一位似乎很棘手的人，原來就是你呀？」

「不知道耶。就算是其他行程表，區域偶爾也會一樣。比起這件事，我還以為鬼龍院學姊對前十名沒興趣呢？」

鬼龍院一口氣從十名之外冒出來，在今天早上躍上第九名。

「這場無人島考試意外地有意思呢。我都這把年紀了，還是會忍不住興致高昂。」

她表示這個年齡不適合這麼做，但她其實也只和我相差一歲。

「我打算暫時繼續以現在的步調走。」

「意思是妳不會瞄準第一名？」

「大家都會展開激烈競爭，瞄準領獎臺。我也不能只是玩一玩呢。不過，如果南雲或高圓寺垮臺，事情說不定就會有點不一樣了。」

「垮臺嗎？目前看來應該不會那麼發展。」

「你覺得南雲那傢伙會就這樣放任高圓寺不管嗎？」

看來鬼龍院在一定程度上也洞見了今後的發展。

「在勢均力敵的狀態下，南雲也無法說絕對可以獲得勝利。他目前應該都在觀察情況，不過

差不多要開始行動了。換句話說，事態十分可能演變成南雲對上高圓寺。視狀況而定，也有可能雙方都苦於得分難以提升。」

或者也有可能某方遭到擊敗，導致排名逐漸下降。

「把對手踢下去，也是很重要的一場仗呢。」

雖然無法預測他何時動手，但他們這樣下去一定會起衝突。

至少南雲那邊一定會阻止高圓寺。

「你不去拿前幾名嗎？」

「很遺憾，我實在想像不到自己進入前十名的情景呢。」

「這樣啊。我還以為你的得分和我很接近呢。」

她好像對我抱持很大的興趣。

不對，正確來說，應該不只是我吧。

鬼龍院正在以自己的方式觀察並分析全校學生整體上以什麼戰略戰鬥。

「應該有很多小組的效率都要下降了吧。你要加油，不要放棄了。」

我最近才知道有這名學生，可以觀察到她是很有實力的人物。

僅靠ＯＡＡ無法了解的直覺與洞察力——這個三年級生在這部分很優秀。

「對了，我目前看平板顯示沒有任何小組退出。對於這件事，你怎麼想？」

「我只覺得目前持續著一刻都不能鬆懈的狀況。」

「我昨天順路去了起點，得到了情報。聽說開始煩惱食材或飲水不足的組別為了避免同時倒下，而採用分開一部分小組夥伴的戰略熬過緊急狀況。」

「這是很明智的判斷呢。」

不管拿到幾分，只要小組全員退場，當下還是會失去資格並確定退學。既然這樣，即使效率會降低，分出一人或兩人回到起點會來得安全。水要多少有多少，衛生層面又能獲得保障，因此能避免生病。

「倒數十名的組別應該正在祈禱吧。不管是哪一組都好，希望有人能退場。」

「顧不得形象的人會無所不用其極。你可別大意了喔？」

「鬼龍院學姊是女生，應該才要擔心吧？」

「唔嗯，我這個惹人憐愛的少女，確實該抱著危機意識也說不定呢。」

聽到我開玩笑的話語，她意外地認真沉思。

「萬一發生什麼事，我想想……就盡全力克服吧。」

她這麼說著，用力地握起拳頭。

說出一點都不少女的回答。

「真不知道妳說的話有幾分真耶。」

「呵呵，抱歉，耽誤你的時間。我和你都必須珍惜每一分每一秒呢。」

鬼龍院說著輕輕舉起手，漸漸遠去。

就方位來說，她應該是要去挑戰課題吧。

「你不去嗎？現在或許還有挑戰的權利。」

「我先不用。我不覺得和妳競爭還可以獲勝。」

目前課題的空缺最多剩下兩組左右。不僅有三組以上的對手，假如鬼龍院也要過去，我能參加的可能性會很渺茫。

我目送她離去，而鬼龍院在必須趕路的狀況下停下腳步回頭。

「原來是這樣呀——那我就直接過去確認吧。」

鬼龍院彷彿看穿我的戰略，留下這句話便前往課題。

3

第十天也已日落，過了晚上九點。

在我確認前十名、後十名，以及存下的ＧＰＳ情報時——

帳篷外不時有道亮光在移動。

「在這種時間移動……？」

雖然很危險，但也不難想像是趁半夜前往沒成功踏入的最後一個指定區域。

我不由得從帳篷裡追著那道光。那並不是對著我這邊照，而是邊走邊照亮四處的樣子。手電筒光線的移動很不安定，像是在拚命尋找什麼。在意情況的我決定離開帳篷。

手電筒的光線在森林裡微微地照著，漸漸遠離我的身邊。

看起來果然像是在拚命找人。

是天澤正在為了對我發起什麼手段而靠過來尋找我嗎？

不對，假如是這樣，我不覺得她會不謹慎地使用手電筒。

她應該會在GPS上拉近距離，趁著一片漆黑靠過來才對。

「……小夢～」

手電筒的方向傳來微弱的人聲。雖然不知道聲音的主人是誰，不過排除綽號的話，學校裡只有一個人叫做「夢」這個名字。

那個人無疑就是二年C班的小橋夢吧。然後認為聲音主人是和那個班級有關的人應該沒錯。

我記得小橋的組別裡有位叫做白波千尋的女生。

總之，聲音的主人有種隨時都要哭出來的氛圍。我雖然可以就這麼無視，但現在二年C班的

學生理應也和A班的坂柳有密切的連結。

我從帳篷拿出平板，上面附有手電筒的功能。

這個光源就照明功能來說很靠不住，但也足以讓對方察覺。

她不久後似乎注意到我的燈光，於是把手電筒照過來。

「小夢？」

她邊這麼說邊著急地出聲並移動光線，接著發出靠近我的聲響。

被目眩的光照亮後，手電筒的主人緩緩現身。

「小夢！」

「呃，不好意思，我不是小夢。」

「啊……」

從樹林深處現身的果然是白波。

「呃，綾小路同學……你好。」

雖然彼此一點也不親近，但她還是顯得稍微放下心。

換句話說，不安的狀況就是持續如此久吧。

「一個人在半夜行動可是很危險的喔。小橋和竹本呢？」

「啊，那個……我不小心搞不清楚位置……急著走路，就分不清楚方向……」

為什麼半夜自己去森林裡？——我再怎麼說也不會問這種不識相的問題。

森林裡三百六十度都呈現同樣的景色。如果抱著「大概是這裡」的草率想法前進，瞬間就會失去方向感。

應該可以認為：就結果而言，白波大幅遠離了小組吧。

「你們大概走散多久了？」

「不知道耶……十五分鐘……或者二十分鐘左右……？」

就算朝完全反方向前進，應該也不會遠得令人絕望，不過她無疑來到至少彼此的聲音傳達不到的範圍。

「總而言之，隨便到處走只會遇難得更慘。」

「嗯、嗯。」

我先站在最前面，用平板的光線照亮，並指示她跟過來。畢竟連我都遇難的話會很麻煩嘛。

我也不能就這樣把帳篷和行李丟著不管，與白波出去尋找她的小組。

應該或多或少都會有幾個人碰到這種迷路的麻煩。

差別就在於可以碰巧回到原處，或是要花時間尋找。

不過如果回不去的話，在半夜的森林裡過夜不是一件簡單的事。

就算肉體沒什麼大問題，精神也會被一口氣削弱。

不久我回到自己的紮營地，對靜不下心的白波說：

「蟲子很多，妳可以先進去帳篷裡。」

「咦！」

這種聲音與其說是驚訝，不如說混雜了一些恐懼。

「我不會進去，妳可以放心。」

雖然我的解釋有點問題，還是強行讓來不及理解的白波進到裡面，並且關上入口。

「對、對不起喔……在你休息的時間……」

「沒關係。比起這件事，小橋和竹本的狀態還算有精神吧？」

「嗯。」

這麼一來，他們現在就是正在著急白波沒有回去吧。

應該可以認為他們正在討論要出去搜索，還是留在現場。

「你們在有人走散時的規定是什麼？」

儘管我試著詢問，白波卻左右搖頭。

「竹本是男生，有可能單獨出來找妳，但這恐怕會變成二次遇難。話雖如此，兩個人丟下帳篷和行李外出找人也相當危險。」

如果整理帳篷與行李，兩個人一起移動的話，白波單獨順利回去時也有可能撲空，因此不能說是個有效的手段。

如果要盡可能重視安全，比較理想的形式，是別走到會看丟帳篷的位置，在附近靠光線或大聲呼喊，期待白波能發現。然而他們並沒有事先做詳細的規定，假如女生一個人走散，他們能否保持平常心呢？

往往都會急著出去找人吧。

「怎麼辦……」

她與其說是向我尋求某些建議，倒不如說是在自言自語。這儘管能說是微不足道的失誤，可是以其他方式看來，也能說是重大失誤。焦慮感襲捲而來，也算是很合乎情理的事情。

問題在於組別裡的那兩人呢。不對，視情況而定，或許還會出現更多問題吧。

「妳的組別還是三人組嗎？還是已經增加到四人以上了？」

「這……」

截至目前都願意詳細說明的白波突然語塞。

她應該非常清楚自己組別的事，因此猶豫的理由在於其他因素。

目前一之瀨的班級，是以坂柳的班級為中心締結合作關係。

當然，雖然也存在超越這些隔閡的友誼組，不過大多數都是根據那些基礎規定所組成。把詳細的內情告訴我，當然能說是在洩漏情報。在這種意義上，白波沒隨便說出小組是否出現了變化，可以讚許她的判斷很恰當。

「知道了。妳可以不跟我說詳細狀況，先聽聽看我的想法。」

我這樣開場並繼續說：

「假如我是白波組的夥伴，現在大概已經察覺到目前的狀況。我應該會判斷妳在回去的路上迷路，一個女生徘徊在黑暗的森林裡。」

白波輕輕點了點頭。

「我當然不會坐視不管，首先會試著大喊，靠聲音會合。不過剛才也說過，要是這麼做沒有反應，就會需要下一個手段。例如說，假設小橋一個人走散，妳和竹本會怎麼做？」

「……大概會……我覺得會兩個人一起去找小夢……」

「即使二次遇難會出現受傷並退出的危險？」

「我們是朋友，所以不能放著不管。」

這個回答很有一之瀨班級的風格呢。優點與缺點就另當別論。儘管A班的竹本一開始說不定會勸阻，恐怕還是會轉而幫忙吧。最踏實的方式就是就這樣讓她使用我的帳篷，並等待對方過來會合。

陷入緊急時，對方應該也會利用GPS搜尋找我們。

不過，如果是在這片漆黑中，就算在附近搜尋一兩次，也不知道會不會進行得順利。

「你們還有多餘的得分嗎？即使搜尋兩三次，應該也不用擔心排名吧？」

「這個——不好說。我覺得狀況不太好。」

他們好像沒有維持在前面的名次。畢竟這會不會在不影響的範圍內搞定，不等考試結束就不會知道消耗分數值不值得。

就白波的立場看來，她應該也會很心痛他們使用得分來尋找她。

果然待命最為妥當……但他們不出來找人，或是找不到人的可能性也不全然是零。由於這樣我就不能使用帳篷，變得要在外面過夜了。雖然我目前的行動都有維持節奏，可是這可能會變成打亂步調的原因之一。

要展開行動，好像就要趁目前的階段……

「妳還有體力嗎？」

「咦？」

「還有體力走路嗎？」

「嗯、嗯。這倒是沒問題，不過……」

我催促白波離開帳篷，並等她出來。

「為了讓你們可以會合，現在要移動了。」

「可是……該怎麼做？」

「沒頭沒腦地走也不會解決問題，因此要利用這個。」

我展現拿在手上的平板。

「只要利用GPS搜尋，就可以掌握在什麼方向，以及大致上的距離。」

可是，即使如此應該還是不容易會合。

要在一片漆黑的森林裡正確地前進，是極為困難的事。

像白波這種普通學生，不可能不反覆搜尋GPS。

「為什麼你願意幫助我呢……？」

「為什麼？這次的考試算是學年別之間的戰鬥，大概是這層面的原因吧。」

「可是，你甚至搜尋了GPS……」

對我來說使用一兩分並不會造成那麼大的負擔。

只要得分沒有高於第十一名，隨時都拿得到。

因為說出這件事沒用，所以我先在這邊說出最有道理的話。

「硬要說的話……或許是因為妳在一之瀨的班級吧。」

我在這麼回答的瞬間回頭，看見白波的表情變得有點僵硬。

「……難道……」

我說出什麼糟糕的發言了嗎？

「嗯？」

「綾小路同學該不會和小帆波……」

儘管白波說到這一步，還是閉上了嘴。

雖然我慢了一點，不過隱約理解到她想說什麼。

因為我想起上次遇到一之瀨的同班同學們，他們跟我說過的各種事情。

「我們之間什麼也沒有。」

我搶先回答，可是白波依然一臉陰沉，而且變得很僵硬。

總之我先中斷話題開始搜尋。小橋和竹本兩人的ＧＰＳ標記重疊，可見他們一定還待在一起。我向前邁步尋找白波的組別，接著往小橋他們ＧＰＳ反應的方向走了大約十分鐘左右。

「小千尋！」

我們穿過漆黑森林的間隙，這時揹著背包的小橋找到我們。

同組的竹本也在她身旁，身上同樣揹著背包。從他手裡抱著背包看來，他們似乎是帶著所有行李的情況下來尋找白波。

想到他們是筆直朝我們前進，似乎有可能搜尋過ＧＰＳ。

就結果而言，所有人都先移動到我搭設帳篷的地點。

「綾小路同學，謝謝你願意幫助小千尋。」

「哪裡。我想你們最後還是可以找到她，希望我沒有多管閒事。」

「才沒有多管閒事。如果她走更遠的話，也會有受傷的風險。重要的是，我們要找到她應該也會很辛苦。」

就不同班的竹本看來，他對於很快就找到白波也鬆了口氣。

假如要追上她，可能不會憑一兩次的GPS就搞定。

「我有件事想問你們，請問你們有對講機嗎？」

我在這個時機對竹本這麼開口說。

「咦？對講機？我是有啦——」

如果他多少覺得感謝我，我說不定可以順利借到。

「可以的話，能讓我和坂柳說句話嗎？我很擔心待在起點的D班學生，想問問看同學有沒有回去。」

「這種事情的話，我來幫忙。你等一下。」

竹本沒有不情願，還希望這可以當成謝禮，立刻拿出對講機。

學校提供的對講機當然是電子式，具備一種叫做加密模式的功能。換句話說就是可以不受他人監聽，具備只與特定人物對話的功能。在這場考試準備對講機的小組，應該會為了防止情報洩漏而準備密碼才對。竹本使用對講機幫我呼叫坂柳，看她會不會接起。

不久，坂柳給了回應後，他就把對講機遞給了我。

「請讓我私下跟她談一談。」

看見他們三位都欣然點頭同意，我感激地與他們保持一段距離。我當然有強調自己不會耍小花招，並讓他們都能看見對講機。和坂柳通話一段時間後，我直接把對講機還給竹本。

「——就如上述，坂柳。抱歉啊，半夜聯絡妳。」

對於這麼表示的竹本，坂柳只回一句話。

這證明我和她的對話毫無問題地結束，接著通話就切斷了。

「真是幫了大忙，我從坂柳那裡順利得到必要的情報了。」

「那就好。另外，坂柳託我把這個交給你。」

「嗯，謝謝。」

我從竹本那裡收下對講機。

「要答謝的是我們喲～對吧？」

「嗯，謝謝你，綾小路同學。謝謝你願意幫助我。」

我再次被包含白波在內的三人答謝。這天，我們四人決定在這裡過夜。

我聽著平常沒辦法聽見的A班與C班的話題，同時進入夢鄉。

包圍網。高圓寺ＶＳ自由組

後半段戰鬥開始後，高圓寺也絲毫沒有懈怠地持續快速進攻，到今天「第十天」為止都緊貼著南雲組持續累積得分。今天下午五點後考試結束，三年Ｂ班的桐山結束對講機通話，暫時靜靜地閉上眼。雖然第四天公開前幾名分數時，他有點驚訝高圓寺名列前幾名，但在那個時間點桐山和南雲完全不會感到焦躁。

因為大家都覺得既然他是單獨一人，很快就會到達極限。

「桐山，你不覺得南雲的應對好像很被動嗎？原本後半段開始時，就要進入一馬當先的狀態吧？都是因為延後應對，所以到第十天都還沒分出勝負，完全就是勢均力敵的狀態啊。」

三年Ｂ班的學生三木谷看著平板對桐山說。在平板上顯示的總分數上，南雲組是兩百三十六分，高圓寺是兩百三十分，雙分差距六分。只要高圓寺在抵達順序報酬上拿下第一名，情勢就有可能逆轉。而南雲組變成大組，手上又有增員卡，因此人數遠遠超越高圓寺組；他們只要趕在時間之內到達，就可以在抵達加分上確實得到七分。另一方面，雖然高圓寺只會拿到一分，不過身為單人組的他，相對容易取得抵達順序報酬，且在獲得抵達順序報酬第一名的數量上是所有組別之中最多，並且引以為傲。

「即使南雲就這樣被甩開，你搞不好還是會維持在第三名。假如輸給二年級的單人組，我的評價也會因為支援你而一口氣一落千丈。」

桐山組目前的總得分是一百八十八分，與高圓寺的分數差距開始一點一點地拉開。

「這麼說來，去年高圓寺入學之後，就出現了一些傳言呢。就是他裝熟接近二年級和三年級，私下透漏要收購個人點數的那個時候。當初你是怎麼想的？」

「我頂多覺得，就算是有錢人，也最好別得意忘形。」

「雖然他有一定的學力，身體能力似乎也很強，不過沒有顯眼的優秀成績，只是個老家富有的怪學生——這毫無疑問就是這間學校全體學生對他的印象。」

三木谷對桐山的回答點了一下頭。

「高圓寺不受待見的最大原因，就是對於任何事物的態度都不認真。與學生本來該有的模樣背道而馳，面對考試也是一開始就抱著強烈的放棄態度。」

不只是二年級，這件事也傳到了三年級那邊。

假如高圓寺是認真且真誠的人，就會在更早的時候被南雲當成應當要提防的敵人。桐山說，可以預見南雲會想要槍打出頭鳥。

「雖然不知道發生了什麼，不過高圓寺在這座無人島上真的開始認真，結果他變成所有學生裡最強的勁敵。特別是他用之不竭的體力還真可怕。說不定他到最後都會像這樣通過考試。」

他把單獨行動的優點發揮到極限，以無止盡的體力向前猛衝。

事到如今三年級生也不得不想辦法了。

假如就這麼放著不管，高圓寺一定會在考試結束時位列前三名。

視情況而定，還可能演變成他打敗南雲的事態。

光是輸給學弟就是問題了，如果還輸給單人組，這將會是個永遠的恥辱。

作為必須打敗的對手，要儘快處理掉他。

當然，應該盡可能避免粗暴的舉止。

倘若三年級突襲高圓寺，導致他受傷退場，理所當然會是個問題。

要是為了阻止他進入前幾名而動粗，就一定會面對審查。

必須儘量溫和地擊敗高圓寺。

「桐山，你想好要用什麼對策了嗎？」

「嗯，我還是要利用自由組。」

自由組——南雲準備的小組。從B班到D班各挑出五個小組，每個小組有三人。自由組存在的目的就是要成為南雲的左右手，總計有十五組。其中兩人負責遵照南雲的指示行動，剩下一人的職責則是為了避免受罰，負責前往指定區域。

也就是說，每個自由組都有兩位學生可以自由行動。

「唉，說得也是呢。所以你要使用幾組？」

「我要動員交給我的六組所有人。」

「六組？認真的？對方只有一個人吧？就算要派多點人，加上我的組別，一共四組就夠了吧？剩下兩組就給你的組別負責——」

桐山打斷三木谷如此說到一半的話並繼續說：

「我們的威脅只有高圓寺。其他的在打敗他之後也足以發揮支援。得分最多可以瀏覽到十二號，明天開始的兩天內要澈底封鎖高圓寺。畢竟單獨一人的高圓寺只要失去任何一次推進力，就沒辦法再次升上來。」

就算他與某組合併也一樣。

「對了，南雲不是說過，他還有其他在意的組別嗎？假如把空著的自由組全部投注在封鎖高圓寺上，撥給那邊的人員就會不夠了耶。」

雖然三木谷沒有聽說是哪一個組別，但如果會進入前十名，就是二年級的龍園組、坂柳組，或是宇都宮他們的一年級組，這其中之一吧。

「不用擔心那個吧？這是南雲在杞人憂天。」

桐山當然知道他在警戒哪一組。

可是，那一組這十天內都不曾出現在前十名。
事到如今才加快腳步累積得分，實在到不了領獎臺。
「這點就是南雲失算了呢。」
「……真罕見耶，南雲居然會錯判。」
「他被看不見的亡靈束縛，這也是難怪。」
南雲唯一認可的男人，堀北學留下的唯一存在。
怪不得南雲就算可以用上帝視角觀測戰局，雙眼還是遭到蒙蔽。
「那麼，高圓寺就交給六個自由組，我們則正常地累積得分，可以吧？」
「不，我要親自指揮封鎖高圓寺。」
「你？這樣效率不是有點差嗎？讓我來啦。」
現狀得到第三名的桐山組假如採取行動阻止高圓寺躍起，就會影響到得分。
「你叫我把指揮交給你？」
「對我來說這次是『勝負的關鍵』喔。我和確定會贏的你不一樣，我必須搏得南雲的正面評價。交給我吧。」
三木谷這麼建議，但桐山完全充耳不聞。
「這可不行。因為動用六個自由組卻失敗，損失會很慘重。」

「但你也必須拿下第二名吧？別把時間用在多餘的事情上啦。」

急於立功的三木谷不肯罷休。

「除了我或南雲，沒有人能阻止高圓寺。這件事就談到這裡。」

三木谷聽見這些話稍微皺眉，一臉不情願。然而桐山完全沒看見這樣的三木谷，所以並沒有察覺。

桐山率領的六個自由組為了阻止一名學生，匆匆地在傍晚時分開始移動。

普通對手就另當別論，對桐山來說，高圓寺深不見底的實力令他毛骨悚然。

問題是明天第十一天早上七點指定的區域會在哪裡。

視高圓寺會往東西南北的何方開始移動，包圍網的範圍也會有所改變。

因此，理想的發展應該是決定露營地點後停止移動的傍晚時段，到明天早上七點以前的這段時間包圍高圓寺。

幸好高圓寺目前的位置是B3，位置與桐山他們所在的E3比較近。

能夠監視前段組別的總得分只開放到第十二天結束，因此只剩明後天的兩天可以確認有無成效。希望在第十二天結束的時間點，讓南雲與高圓寺之間的差距至少有三十分。

「你今天打算進軍到哪裡？」

三木谷在長途旅程開始時，詢問桐山以打發時間。

「就是盡可能地走。我很清楚晚上前進的風險很大，可是希望至少到達高圓寺周圍的一格之內。因為我們必須在早上七點前追上他。」

一旦他開始移動，抓到他的難度就會提升兩三倍。

「不過，我覺得有兩天的話，要踢下他根本小菜一碟。畢竟我們這邊包含桐山組的六個人在內一共有七組，總共多達十八人喔。」

三木谷一回頭，可以看見十六名三年級生們的身影。

「別大意輕敵了。這裡是遼闊的森林，非常有可能被他溜掉。」

「我知道對二年級來說，他是很不妙的傢伙啦。即使如此，他一樣是比我們小的學生吧？」

由於桐山和三木谷都沒有親眼見識高圓寺驚奇的身體能力，實在難以做出正確的判斷。儘管如此，共同參加過幾項課題的三年級生，提出關於高圓寺身體能力的數據。

「我們要謹慎執行，把對方當作最強大的敵人。」

「最強大呀……」

果然不能交給三木谷這種人——桐山在心中自言自語。

既然他是應該打敗的敵人，就必須抱著置對方於死地的打算才行。

假如做出半吊子的應對，自己等人可能會落入突然被擊垮的處境。

1

隔天，第十一天早上六點半過後——

桐山組以及包含三木谷在內的六個自由組，成功包圍了高圓寺。

「狀況呢？」

「帳篷似乎沒有動靜，還在悠哉地睡覺。要是他的身體垮了直接睡一天，我們也會比較輕鬆就是了。」

三木谷開始和自由組的成員交談。

「欸，要在他出帳篷前就圍起來妨礙他嗎？搞得他沒辦法收拾，他也會無法動彈吧？」

那些自由組的人也贊同這麼提議的三木谷，表示這樣會比較輕鬆。

「確實只要妨礙他整理，就可以讓他來不及前往指定區域。可是，如果旁人看見這個情況，你們又打算怎麼辯解？要妨礙也應該注意別做出一眼就看得出來的拙劣行為。」

就算要犯規，也得儘量排除危險。

「搜尋GPS不就好了？反正可以放棄的得分多得是。」

「我們的平板沒辦法掌握教職員的位置，別忘記搜尋也不是絕對的。按照一開始的安排，在高圓寺整理帳篷並開始移動的時候動手。假如遇到一年級、二年級，或是去設置課題的大人時，就要馬上與高圓寺拉開兩公尺以上的距離。」

桐山叮嚀：距離別近到可以互相碰觸。

接近七點時，狀況終於出現變化。

「高圓寺開始動作嘍。」

高圓寺好像絲毫沒想像到正在被他們監視，他哼著歌開始收拾帳篷。動作本身很俐落，七點前似乎就完成出發的準備。

接著他拿起平板，等待七點考試開始。

「走。」

桐山判斷這是最佳登場時機，走向高圓寺身邊。

三木谷與自由組的成員們以些許距離跟在後面。

不知高圓寺有沒有發現桐山他們悄悄靠過去，他沒有停止操作平板，也沒有抬起臉。被全員十八人包圍後依然維持不變，彷彿看不見周圍一切事物的模樣。

三木谷判斷高圓寺明明發現了卻裝作沒察覺，打算拉近距離，但桐山以眼神輕輕制止他。

「能耽誤一點時間嗎，高圓寺？」

高圓寺被呼喚名字也依舊看著平板，不打算抬起臉。

「找我有什麼事？」

這實在不是面對學長的態度，不過桐山完全沒有責怪他地說下去。

因為他非常清楚高圓寺六助這個人根本沒有普通常識。

「想不到你在這次特別考試會這麼活躍。你有這種實力，為何至今都沒有認真參加考試？」

「那是現在該在這裡聊的話題嗎？馬上就要早上七點了，你們不是也應該趕緊準備前往指定區域嗎？」

「你知道的吧，高圓寺？你拿到太多分數了。」

他的語氣像是什麼也不懂，但桐山表示不可能。

「我希望你今天整天都不要離開這個地方。」

「意思是說……你要我不要去賺取得分嗎？」

「沒錯。」

高圓寺被人說這種話，當然不可能會點頭答應。

「雖然我不知道你是誰，不過只要稍微想想，就會知道這是不可能的。不過，即使如此你還是帶了一堆人過來這裡……換句話說，如果我不聽，你們會抱著妨礙我移動的覺悟對我動手，沒錯吧？」

「即使繼續參加這場特別考試，你也拿不到第一名。相較於單打獨鬥的你，第一名的南雲有七個人，拿下第三名的我們也有六個人。我認同你目前一直進攻得很順利，但我認為你在後半場時會逐漸感到疲勞，能得到的分數也會逐漸下降。」

「那你不是根本不必在意我嗎？」

「我們要小心再小心。再說就三年級的立場來講，與單獨一人的你角逐前幾名實在讓人難以接受。如果你乖乖聽話，我當然不會傷害你。假如你站在學生會長南雲這邊，校園生活也會更加安穩。」

他為高圓寺準備兩個選擇——被強硬手段壓制，或乖乖服從與賣南雲人情。

時間正好來到七點，平板上顯示第十一天的第一個指定區域。

高圓寺確認這點，緩緩把平板收進背包裡。

在桐山他們觀察他會不會行動的瞬間——

「我要趕路，先告辭嘍。」

高圓寺出聲拒絕，同時瞬間加速鑽出自由組之間，並且飛奔而出。

「什麼……喂！」

雖說被包圍，還是有充分的空間可以穿越人群，因此這種狀態算是被高圓寺趁隙溜走。假如說包含桐山在內所有人都沒大意，大概是騙人的吧。他們天真地認為他無視三年級的命令並逃走的機率很低。

「追！」

三木谷如此大喊，高圓寺也在這段期間往森林深處消失蹤影。

「不要慌，配合高圓寺的步調可是會嘗到苦頭喔。」

「現在哪裡是悠哉的時候啊！我們讓他逃走了耶！」

「他說不定拿得到抵達順序報酬，但只會到此為止。如果高圓寺選擇四處奔逃，那他就不能悠哉地參加課題。反過來說，如果他光明正大地參加課題，我們只需要追到那裡就好。」

雖然只憑高圓寺逃向何方就斷定高圓寺前往哪一區很危險，但桐山很清楚既然有ＧＰＳ搜尋，他就不可能隱藏起來。

儘管如此，三木谷大概還是很焦急，稍微加快腳步地開始追趕高圓寺。

2

以三木谷為首，桐山等人與自由組追蹤著高圓寺。

「高圓寺的位置呢？」

「這個嘛，從剛才就完全沒動。我搜尋了三次，但好像都維持原樣。」

明明不是休息時間，完全不動很不自然。

桐山也窺視平板，觀察高圓寺令人費解的行動是怎麼回事。

「好像不是因為附近出現了課題哪。」

「是啊。再兩百公尺左右就會追上高圓寺喔。」

「這次千萬不能大意，要確實地把他逼入絕境，可以吧？」

「用不著你來說。」

雖然他們被高圓寺甩開，不過在開始追趕六小時左右後，以意外的形式再次相見。

他之所以沒有動作，是因為在大白天睡著的關係。

三年級生們感到傻眼，一度面面相覷。

三木谷作為代表靠近，俯視高圓寺的臉，同時語氣加強且不客氣地說：

「高圓寺，你給我起來。自己先逃走，竟然還睡午覺，還真是從容啊。還是說，這十幾天都全力四處奔走，依然會因為疲勞而忍不住睡覺嗎？」

即使不想睡也不得不睡。

關於高圓寺逃走後又開始睡覺的理由，三木谷只想得到這些。

高圓寺慢慢睜開眼，輕輕地微笑。

「這是當然的吧？我和你們一樣都是人。」

「既然這樣，你今天就這樣直接乖乖地休息吧。你也累積了不少疲勞吧？要把學長溫柔的意見聽進去。」

「今天休息？你真是說了句奇怪的話耶。」

面對被包圍的狀況，高圓寺不慌不忙地站起身。

三木谷原本俯視著高圓寺，但身高超過一百八十公分的高圓寺起身後，視線角度自然而然地逆轉。

他的雙眼充滿活力，看起來比剛才的他魁梧了一圈。

「……別逞強。如果只是稍微休息就能消除疲勞，那大家就不用這麼辛苦了。」

儘管覺得氣勢懾人，三木谷還是強勢地靠過去。

「不用擔心喔。因為我的體力已經復原到perfect狀態了。把我與普通人相提並論，我可是會很傷腦筋。」

雖然能認為是單純的虛張聲勢，但桐山還是對一派從容的高圓寺說：

「你看起來的確很有精神。但就像三木谷說的，你這十多天比任何人都還全力衝刺。從你應該反覆拿下抵達順序第一名的報酬看來，這也是無庸置疑。不過就算你擁有異於常人的體力，應該也早就迎來極限。」

「如果對普通人來說這是迎來極限，我認為我大概超越了普通人的領域呢。」

「也就是說，這還不是你的極限？」

高圓寺立刻反擊加深懷疑的桐山：

「因為我是超短睡眠者啊。我有快速動眼期極短的體質。」

「嗄？快速動眼期很少又怎樣？對吧？」

三木谷對高圓寺的發言回嘴，可是桐山的表情此時僵了起來。

「短睡者啊……如果這是真的，就是嚴重的問題了。」

「怎麼回事啊，桐山？」

「人一天平均的睡眠時間，理想是七小時到八小時。因為在維持健康上，這個時間以上或以下都不能說取得舒適的睡眠。可是，短睡者是擁有睡不到六小時也能維持健康體質的人。」

睡眠時快速動眼期與非快速動眼期會反覆交替。所謂的快速動眼期，可以說是腦袋處於活動狀態的清醒階段；而另一種非快速動眼期，則是大腦處於睡覺的狀態。

短睡者因為快速動眼期的時間很短，因此即使短暫休息，大腦與身體也可以好好休息。

「才想說你光明正大地睡覺很奇怪，原來是這樣啊……」

儘管高圓寺擁有異常的體力，假如長期重複激烈的移動或課題，通常還是會漸漸累積疲勞。

抵達指定區域後剩餘的時間，或附近沒有課題的時間。

高圓寺藉由在這種時候好好睡覺，成功把體力維持在高水準。

如果他身為超短睡者的發言為真，就意味著高圓寺不只體力凌駕於常人，回復能力也同樣異於一般人。

桐山的內心在這裡首次出現一絲焦慮。

就算考慮到分配步調，任何人都還是會疲勞，感覺到疲憊。

光是走路就會哭喊著想讓腳休息，心靈也會支撐不住而不想再繼續考試。

這是學生們內心深處的共同認知。

正因為有這種前提，他才以為封鎖高圓寺並不困難。

要是這個前提崩潰——

「對了，你找我還有什麼事嗎？」

「你有沒有體力都無所謂，給我老老實實地——」

就在焦躁的三木谷打算命令高圓寺時，桐山插話說：

「沒什麼，別在意我們。」

他儘量避免直白的表達，打算溫和地推進。

儘管三木谷對這種含糊的態度更加不滿，還是服從他。

「呵呵，雖然你這麼說，看起來卻相當好戰呢。」

高圓寺一副完全不把三年級的忠告與威脅放在心上。

學校在對話的途中公布第三個指定區域。高圓寺看了看平板，隨即往那個方向邁步離去。

「他不是會把忠告聽進去的人，桐山。」

「可能吧。」

「再說，雖然他說了什麼超短睡者，但這一定是虛張聲勢。」

可是在許多學生的效率已經大幅降低的情況下，高圓寺還是維持與初期幾乎一樣的良好步調。他很明顯每天都不斷在訓練肉體，就連無人島的特別考試，都只當作是訓練的一環——桐山這麼分析。

「沒辦法，我要更換戰略。接著要封殺課題嘍。」

桐山也終於在此做出決定，指示大家各自去把高圓寺逼入窘境。

可是三木谷卻噘起嘴，似乎對這個作戰內容心懷不滿。

「現在是我負責指揮。別打亂大家團結，三木谷。」

「嘖……」

儘管三年級生們對於總是我行我素的高圓寺很不知所措，還是開始大範圍地散開。

十八人展開三角陣型，把高圓寺設定在中心。

桐山甚至用對講機聯絡，呼叫夥伴。

高圓寺完全沒思考接下來會發生什麼事，繼續邁步前進。

他沒有停止動作，也沒有靜止不動。

桐山制定的計畫一共有三個。第一個是單純的說服，讓高圓寺放棄第一名；過程中當然也包含以多人包圍施壓之類的方法。第二項作戰，就是直接把不聽勸的高圓寺圍著移動。接著第三個，則是超前參加高圓寺盯上的課題。

藉由六個自由組與桐山的組別，合計七組妨礙他，他參與課題的門檻必然會變得相當高。而且如果所有人都只為了擊敗高圓寺而奔走，也可能會降低他在課題上的勝率。

課題的參加條件各有不同，但是模式都是固定的。

分為「各自按人數參加的考試」與「以組別為單位參加的考試」這兩種。

如果是後者，沒有全員到齊的自由組不符合參加條件，可是以組別為單位參加的課題，基本上幾乎都要求要兩人以上。也就是說，單獨行動的高圓寺可以參加的，只有條件為可獨自參加的課題，因此在場三年級生也同樣有資格參加。

三年級生暫時沒有自亂陣腳，依舊到處跟著高圓寺，但是開始一點一點地產生焦躁。

從旁人看來，高圓寺的步行速度快到會讓人誤以為是競走，光是要追上他，體力就會消耗得很凶。就算只是以相同速度行走，也會開始強烈地感到疲勞。

由於不得不配合不習慣的步行速度，因此突然湧現疲勞感。

對方乾脆用跑的，他們還比較輕鬆。

「高圓寺！別逞強了！」

三木谷判斷他只是假裝有精神地前進，著急地大喊。

「哎呀呀，真是吵鬧呢。那麼，就讓我稍微加快步調吧。」

高圓寺說完這句話再次奔跑起來。

「這次別讓他逃走！包圍他！」

保持距離追上的三年級生們同時靠近高圓寺。

可是在包圍網束緊前，高圓寺一眨眼就甩開了。

「不會吧——！」

三年級的這些話隨風而散。

高圓寺開始奔跑，他的雙腳幾乎就像跑在整理過的操場上，步伐熟稔且俐落。

而且他以短跑選手都相形見絀的速度穿越樹林之間。

編入自由組的十二人大部分都對體力感到自豪。

OAA上的身體能力也都是B以上。

他們是為了獨占大量課題，而由南雲與桐山召集——換句話說，就是軍隊。

「追！絕對不要讓他逃走了！」

「等一下，三木谷。別擅自行動！」

「囉嗦！哪能再讓他逃走啊！必須逮到他，把他強行拖下來打倒！」

三木谷他們無視指示追趕高圓寺。

「笨蛋……」

桐山有一瞬間猶豫要不要追上，但冷靜地看過平板後，他重新擬定戰略。

很難想像高圓寺是毫無意義地跑出去。

他研究高圓寺是要前往指定區域，還是前往課題。

「附近高圓寺能參加的課題，只有E3一個地方，但第一名的報酬是八分嗎……雖然把抵達順序報酬第一名的十分放在最優先也不足為奇……那傢伙的指定區域會是哪裡呢？」

D4就方位來說很有可能，但也有可能是其他隨機區域。

「……他是個不適合分析的對手呢。」

桐山深刻地感受到，想法荒唐的高圓寺，是無法靠理性分析的對手。

3

結果高圓寺去的是E3的課題。

他一眨眼就到達目標課題報名參加，很快就停下腳步。

三木谷等人慢了幾分鐘才追上高圓寺。可是在高圓寺之後有一人報名課題，因而達到規定人數，因此他們被迫等到課題結束。目標課題是「英文」考試，參加者一年級到三年級都有，內容的程度是一致的。

結果，在三年級之中也算才華洋溢的堂道拿下第一名，高圓寺則以些微的差距得到第二名，最終拿到四分。

由於有教職人員們在監視，因此三木谷他們打算等到高圓寺離開課題地點後再一口氣逼近，高圓寺卻在監視的眼目消失前就飛奔而出。

高圓寺擁有望塵莫及的速度，使他們只能被迫做出四處追捕他的被動應對。

他們下次成功包圍高圓寺，是在到達第三次指定區域的下午三點前。

三木谷他們在第三次追捕時成功。

「你們也相當努力呢。」

「我們也顧不得形象了！」

他們打算在第十一天超前所有課題，結果沒有一次成功阻止。

三年級的尊嚴就算說被撕碎了也不為過。

而得知這些結果的南雲應該會非常失望。

事情變成這樣，溫和推進的說法已經沒有意義。

「這是最後的警告，高圓寺。」

桐山讓自由組包圍高圓寺，並且這麼告知：

「明天一天就好。你聽我們的話，乖乖待著什麼都別做。只要這樣就好。」

只要控制住一天，南雲就可以確實維持在第一名。

重要的是不讓高圓寺再度拿下第一名。

「喂、喂，南雲說在兩天之內拿下他……！不是應該在明天和後天動手嗎？」

「後天就不能確認前段組別了。雖然我覺得沒有小組會猛追上來，但與其壓制某人，應該專心在提升我們自己的得分。」

這是桐山近距離見識過高圓寺的狀況後，自己做出的判斷。

「把其中三天撥給高圓寺，不能說是上策吧？」

「既然這樣，留下最基本的監視，讓他這兩天停下腳步就好！」

「你覺得高圓寺會接受這件事嗎？」

如果只是一天，高圓寺還是有可能保持在第二名或第三名。

可是如果兩天都放著高圓寺不管，他們恐怕會從領獎臺上跌落。

「他不可能乖乖接受敗北的狀況。」

「這要視做法而定吧？」

至今心懷不滿但服從桐山的三木谷在此造反。

「……你的意思是你做得到？」

「做得到。如果我成功做給你看，你就要為我準備前往A班的門票。」

三木谷這麼說，擠開桐山向前踏出一步。

接著他對高圓寺說：

「聽見我們的話了吧？你明後天都給我待在這裡。」

「就是這些請求嗎？」

「不，這是命令。」

「這個請求我沒辦法答應。我拒絕的話，會怎麼樣嗎？」

「最壞的情況要你退學。」

三木谷這麼說完，就讓幾位夥伴靠近高圓寺。

就算不明講，要藉由暴力壓制也是明若觀火。

高圓寺聽到威脅也沒有收起無畏的笑容，而是觀察三年級們的態度。

「你不回答的話，我可以當作你會聽話嗎？」

「我不會聽從任何人的話。」

「既然這樣，我會讓你不得不聽。可以吧，桐山？」

「在高圓寺聽話服從我們的期間，就交給你判斷。」

三木谷嗤之以鼻，並沒有軟下強勢的態度。

然而第十一天最後一個指定區域公布的同時，高圓寺站起身。

三木谷見狀也連忙直接做出指示，把高圓寺包圍起來。

「我說過了吧？叫你待在這裡別動。」

這距離近到會直接觸碰到彼此，因此高圓寺要移動的話，就只能強行推開三年級生們。

「這個狀況不能說是很美觀呢。我對男人沒有興趣。」

「那你要怎麼做？你在這裡把人撞倒的話，我會當你在宣戰。」

「呵呵，這樣啊。」

高圓寺笑著踏出一步。

這一大步的移動，當然足以碰到在他眼前的三木谷。

可是，他沒打算用手臂強行挪開人。

由於只是一般的邁步，變成彼此互碰肩膀的狀態。

這是嘗試不動手，打算靠蠻力強行突破。

雖然要推開他並非不可能，但因為三木谷的體格很好，可見他有自信可以站穩。這是證明腳程快與力量是兩回事的機會。

「唔！」

然而三木谷覺得像是被大岩石緩緩撞上一般，回過神來，自己被強制移到一旁，空出了一段間隔。

與之相對，高圓寺則默默地走起路來，一副完全沒撞上障礙物的樣子。

「你這傢伙，等一下！」

三木谷急忙抓住高圓寺的肩膀，但半吊子的力量根本無法阻止。

在這裡眼睜睜讓高圓寺離開的話，就會重現之前的愚蠢發展。

這麼判斷的三木谷就算抵抗，高圓寺也沒有停下腳步。

三木谷被桐山看見這副模樣，咂嘴後改變主意。

他叫來一位夥伴，打算兩人阻止高圓寺。

諸岡以被拖著走的形式湊過去阻止高圓寺並失去平衡。

而後小題大作地跌倒在地，做出覺得疼痛的舉止。

三木谷見狀，繞到正前方強制停下高圓寺的腳步。

「好痛！我的手臂可能骨折了！」

諸岡做出像足球選手會有的那種表現，誇張地大叫。

「高圓寺，你似乎做出不得了的行為哪。諸岡都受傷了吧？」
「簡直就像假車禍呢。」
「不管你要說什麼，撞飛諸岡的事實可都不會改變喔。」
所有人都像立場顛倒般，圍住高圓寺完全不讓他逃走。
直至剛才都較為節制的戰略已經銷聲匿跡。
「到底事情發展成這樣，我似乎真的不能無視了。好啦，我該怎麼做呢？」
「你一副不惜痛毆我們這些學長姊也要前進的表情哪。不過，假如你單方面痛毆我們，問題可就大條嘍？」
「你不可能會動手吧？」他事先叮嚀。
不過高圓寺沒有否定，而是在三木谷之後繼續說：
「我不打算饒恕阻止我進攻的人，更別說是如果對我散發敵意呢。」
面對不惜使用暴力的回答，三木谷的表情一瞬間僵住。
「如果我們向學校申訴，你要怎麼辦？」
「沒怎麼辦。你們三年級打算一群人擊敗學弟，這只會在你們的名譽上留下汙點吧？」
三木谷他們的手錶正常運作，這點根本就無須確認。否則趕在高圓寺參加課題之前的目的本身就不會成立。

「差不多了吧？都是因為要奉陪你們，害我擔心拿不拿得到抵達順序報酬。」

指定區域公布後，已經過了十分鐘以上。

競爭對手們應該正接二連三地前往高圓寺該去的指定區域。

雖然不是沒有他從現在開始逆轉拿下第一名的可能性，但不知道事情會怎麼發展。

「不好意思……我可不會讓你走喔。」

三木谷在堅定的決心之下，說出自己要和高圓寺互相傷害也在所不惜。

「我們也不能一直溫柔地對待你。」

「意思是你要對我表示敵意嗎？」

儘管三年級生至今都被高圓寺的氣場所迷惑，最後還是想起自己的職責。縱然理解以人多勢眾的形式包圍學弟很沒出息，如果這是唯一存活的辦法，他們就顧不得形象。

通常對手都會領會到這種沒有退路的氛圍，但高圓寺不一樣。

這個只對自己感興趣的男人，只思考這時該怎麼處理才會變成美麗的發展。他頂著即使在無人島生活中也不欠缺整理、一頭連女性都會自嘆不如的美豔金髮，輕撫那片微亂的瀏海微笑。

三木谷對此有一瞬間感到畏懼，並與他保持距離。

「Time is money。快來吧。」

高圓寺擺出迎戰的架勢慢慢展開雙手，像是要接受三年級們的攻擊。

「可以吧，三木谷？真的要動手了喔。」

「……對。萬一發生什麼事，也只需要抱著高圓寺往下倒。上！」

三位學生隨著吆喝聲，一口氣撲向高圓寺。

由於其中一人要從背後鎖住他的雙臂，剩下兩人就從正面與左側攻來。

乍看之下同時撲上前，好像很難應對，但這三人並不特別習慣打架，也沒有互相配合。

只是在類似的時機想要對抗高圓寺而已。

誰都不打算認真打人，硬要說的話，他們心裡打算將責任交給其他人。

高圓寺以華麗的步伐避開所有攻擊，讓驚訝的三年級們正面相撞。

「唔，喂，小心啦！」

「你也是啦！」

這與美好的配合相差甚遠。三年級生們像是彼此不合，互相抱怨。

「你們不要迷失本質了，我們的目的是高圓寺吧！」

習慣打架的三木谷對快要自爆的夥伴如此呼喊。

4

沒多久，筋疲力竭的三年級們便在高圓寺的周圍氣喘如牛地跪著。

他沒有揮出任何一拳，而是藉由不斷讓攻擊無效，使他們受挫。

「呼、呼……可惡，你是怎麼回事啊……真的是怪物。話說，你剛才也甩開我們，不是可以更簡單嗎……」

高圓寺察覺在三木谷感到畏懼而拉開距離時，自己其實可以趁機突圍。

「因為你們一直跟著很麻煩嘛。枯葉一直打在臉頰上感覺並不好。」

桐山聽著這些話，即使在這艱困的狀況下也不慌不忙地分析：

「原來如此。現在的三木谷確實有不論到哪兒都要追著你的覺悟。他看到如此壓倒性的實力差距，應該會感到挫折吧。可是就算想到毫不反擊就讓對手受挫的把戲，應該也只有你可以付諸實行吧。」

不惜放棄指定區域的抵達順序報酬，也要先在這裡扼殺三年級的反擊。

高圓寺如此判斷，擺了桐山他們一道。

「沒事吧，三木谷？」

「嗯、嗯。沒受傷……唔！」

雖然也有學生跌倒或自摔，但幾乎所有人都沒受傷，頂多就是手磨破皮的程度。

他們在壓倒性的力量前，見識到對方連揮拳都沒必要的差距。

「那我走了，沒關係吧？」

「隨便你吧，高圓寺。」

「那麼我先告辭嘍。Adieu～」

已經無人能阻止，高圓寺便離開了。

後來三木谷持續傷心地低語：

「那傢伙是怎樣啊，他真的是高中生嗎？」

「任何時候都會存在無法如自己預料的對手。就像南雲那樣。」

「結果我們永遠都只能趴在這種地上嗎？」

面對自己的無能，他不甘心地握拳捶地。

「被那種怪學弟！當作！笨蛋！可惡！可惡！」

「我們的作戰還沒結束。」

他望著高圓寺的身影已然消逝的方向，同時拿起對講機。

「你打算跟南雲報告我失敗了嗎？」

「我做那種事有什麼好處？我可是已經確定會贏的人喔。」

「說、說得也是。」

「別擔心，三木谷。我一開始就預料到高圓寺的身手超出常規。然而不論是什麼對手，都一定有弱點。都說『大能兼小』，對吧？」

對於桐山這番話，三木谷感到有點感激，靜靜地點了點頭。

但另一方面，桐山從最初就料到事情會變成這樣，因此沒有一絲動搖。

讓高圓寺產生「自己會確實排除妨礙者」的想法，之後再攻他個出其不意的戰略。

一群人來妨礙他，幾乎沒能帶來實質的損害。結果，高圓寺應該會強烈地抱持三年級生不算什麼的印象，而這就是桐山的目的。

5

第十一天下午五點前，我勉強趕上最後的指定區域J10，一度被那片景色所吸引。雖然從課題拿取得分和物品很重要，但在操作得分上需要更加小心。要一直維持在第十一名附近出乎意料地困難，不僅需要踏進指定區域又不受懲罰，自己也必須配合第十名的得分，緊貼著對方一般奪取分數。

昨天是考試第十天，第三次發布的基本移動是從F4隨機移動到B9，我馬上就放棄了。接下來我也沒抵達第四次的C9，形成連續無視兩次的狀況。我勉強趕上今天早上第一個基本移動的C8，成功迴避掉處罰；然而轉眼之間，這次趕不上H9的隨機區域，然後又在I9追上——如此度過了艱難的一天。

只要有任何一次指定區域在遙遠的彼方，被耍得團團轉的移動就會持續下去。

再度深切感受到整體分數難以提升的最大理由。

我穿過都是陡坡與岩壁的路抵達J10，前方傳來男女的討論聲。

大概是伴隨著風傳來的關係，雖然聽得不是很清楚，總覺得在哪裡聽過那些聲音。

我覺得說不定是認識的人，決定去觀察一下。

這些聲音是從西側，也就是從海的方向傳來的。

我在那裡遇到一個組別，由二年B班的三位女生所組成，成員分別是磯山渚沙、諸藤梨花與椎名日和這三人。

……噢，還有其他二年級小組的三人也在。自從考試開始之後，我應該是第一次見到他們。

他們是石崎大地、西野武子，以及津邊仁美。

我們的行程表原本應該不一樣才對，是這次的指定區域重複了嗎？

「哎呀？這不是綾小路同學嗎？」

他們五個人正在說話，還沒注意到我，只有我前方的日和感覺到我的氣息，發現我的存在。我們一對上眼，她就對我揮手。

「看起來比我想得還要有精神耶。」

「大家都很努力。組別最大人數也擴大到六人了。」

所以她們和石崎他們合併了吧。

老實說好像也有很多能力不足的學生，但日和在動腦上應該可以大有貢獻，而她或許就是負責支援這個部分吧。不過就算要說客套話，她的身體能力也不能說很強。即使考慮到整體組員，這大概只能說是運作得非常平衡吧。

「妳一開始就預定要和石崎他們合併嗎？」

「是呀。有好幾個合併的優先順位，他們是其中一組。」

日和不否認且承認。在她的視線前方，石崎他們像是在治癒疲勞一般，凝視著很快就要下山的太陽談天說笑。

正因為這個組別基本上是由二年B班所構成，大家感情看起來很好。

唯一不同班的津邊也順利地融入其中。

「綾小路同學的身體都還好嗎？」

日和看見沒有任何人跟過來這裡，好像也不特別在意。

「嗯，目前還算可以吧。」

「雖然我覺得應該不用擔心，但還是請你注意安全。畢竟也有可能因為受傷而退出。」

「我知道。」

因為日和向我招了招手，我決定在她隔壁坐下。

「還有三天呢。」

「是啊。」

她應該不是有什麼特別深的含意才問的吧。

後來，我們靜靜地凝視大海，養精蓄銳。

大抵見到朋友或接近朋友關係的人，多會被問及現況。

既然是賭上存活的戰鬥，通常都會很在意這點。

但日和好像沒有要詢問我分數的意思。

與其說沒興趣，不如說她感覺像是相信我不可能退學。

「喂，這不是綾小路嗎！」

石崎好像總算察覺到我，不知為何非常開心地露出笑容。

剩下的組員好像也立刻注意到我，抓住打算靠近我的石崎肩膀。

「幹嘛啊？」

「不要打擾他們。」

「啥？綾小路並沒有不樂意吧～？」

「不是啦……」

「算了、算了，這種地方也是石崎同學的優點不是嗎？」

「不對，優點？這單純只能說是不會看氣氛而已。」

「這個……嗯，或許無法否定。」

西野和津邊好像也變得相當融洽。

在無人島上的長期戰鬥中，這是在許多小組都能看見的光景吧。

只要一起為了避免退學而全力合作，就會輕鬆克服瑣碎的隔閡。

可是，這同時也是殘酷的事情。

這場特別考試一旦結束，以班級為單位的鬥爭就會再次展開，互相踢下對方的未來在等待著他們。

到時應該也會出現很多學生無法做出正確的判斷吧。

「打擾到你們了，真是抱歉。」

我判斷我這個D班的在場，他們很多想聊的話題都不方便聊，所以打算離開；石崎卻急忙跑過來抓住我的肩膀。

「我自己一個男的很不自在，陪我一下嘛，綾小路～」

「你說陪你……」

「反正今天已經沒有考試了，而你也預計要在I9附近露營吧？」

指定區域J10的風很強，地面又到處都是岩石，因此不適合搭帳篷。在這種意義上就像石崎說得那樣，我原本打算避開沿海，選在I9附近紮營……

「這個主意很棒呢！」

日和起身過來表示贊成。

這兩人相較之下與我比較要好，因此問題比較少，可是其他女生又是怎麼想的呢？

「好啊，反正綾小路同學看起來人畜無害。」

「對呀～」

好像沒有任何反對意見。

該怎麼說呢？這個組別會讓人忘記自己正在挑戰嚴苛的特別考試，氣氛很自在和諧。

這樣的氛圍雖然經常可以在一之瀨的班級看見，不過這應該表示龍園的班級也開始一點一點地發生變化吧。

6

「綾小路學長、綾小路學長……！」

我在深夜的睡夢中聽見呼喚我的聲音，接著便醒了過來。

那是在寂靜的環境中也很難聽見的微弱音量，是從帳篷旁傳來的。

我在手錶上確認時間，現在是半夜兩點半過後。

「是我，我是七瀨！」

我立刻清醒，把頭探出帳篷。黑暗中，平板的光線照映出七瀨慌張的身姿。

「這種時間，怎麼了嗎……妳沒受傷吧？」

「我沒事，因為和學長一樣待在I9，所以才過來。其實我傍晚也遠遠看見了你的身影，但因為我和寶泉同學一起行動，所以決定避免與你接觸。」

「……然後呢？」

「我有事想要快點告訴你……今天……不對，因為已經換日了，所以正確來說是昨天。我從寶泉同學那裡聽說一年級生會對你發動大規模的進攻。」

「大規模的進攻？他也要妳參與這件事嗎？」

「啊，沒有，呃……我依序說明。」

七瀨讓呼吸平靜下來並開始說明。

雖然不清楚是第幾天，但寶泉被高橋、八神、椿與宇都宮叫了出去，卻無視了邀請。不過那些成員派學生拿著對講機在第九天現身，再次要求寶泉協助。其內容如下：

在無人島考試的最後階段把我逼到退場。

以及要把一樣是單獨行動的高年級生逼入窘境並退學。

具體內容會在當天聯絡，據說對講機現在也是寶泉拿著；但七瀨聽說寶泉根本沒意思合作，他要假裝合作並打算利用這點。果然會在終盤動手啊。我有「事先」使出對策還真是值得。

「不到最後關頭，都不說出執行的日子或具體內容是正確的呢。」

假如連日期或內容都洩漏到我這邊，我就很容易應對。

事實上，他們就還沒把詳細的作戰內容告訴可能背叛的寶泉。

「指揮的人是誰？」

「不知道。不過，他在對講機上交談的對象主要是椿同學。」

「她不太像是會站在舞臺上發聲的人耶。」

「這點我也贊同。硬要說的話，因為C班給人一種以宇都宮同學為中心行動的印象。不過，該說宇都宮同學和寶泉同學的關係很差嗎？由於他們討論時動不動就會吵架，所以也有可能是刻意讓椿同學負責居中。」

有可能。而且也有可能是八神或高橋這些人物在背後操盤。

「就算只知道執行的日子，也很令人感激了。雖說現在是深夜，但妳不要待太久比較好。一旦被發現是妳洩漏消息給我，之後事情也會變得很麻煩。」

我就另當別論，因為這可能會為七瀨今後的校園生活帶來阻礙。

不論是好是壞，她都必須和寶泉一樣待在一年D班度日。

我指示她在被寶泉發現之前回去。

「好的。如果又有什麼大動作，我會聯絡你。」

「啊，不用了。雖然我很感激妳，但這場無人島考試幫到這裡就可以了。妳就算發現一年級的動作也不必告訴我，而且也不用隨便幫我。」

「可是——」

「我已經從妳這邊得到充分的情報。接下來妳最好作為寶泉天澤組的一員，做好自己應該做的事。」

假如七瀨在這邊失去所有信任，今後就不會再有情報下來。

這麼一來，利用價值也會驟降。

「如果綾小路學長這麼說……那我知道了。」

七瀨深深低下頭。她如此下定決心後，就在黑夜中快步離去。

在看不見她的背影後，我拿出平板稍作思考。

我的睡意全消，開始凝視畫面。

儘管應該可以斷定七瀨聽見的情報本身是真的，可是事態會不會如這項情報進行又另當別論。雖然一年D班的詳情並不明朗，不過寶泉這個人是靠與龍園相似的力量壓制班級並採取行動。但不同的地方，就在於寶泉在面對障礙時，傾向於以自己為中心試圖突破。

寶泉在這種情況下，從入學一開始就把七瀨放在身旁。

七瀨確實擁有普通高一生沒有的強韌心靈。從她擁有一定的學力以及強大的身體能力看來，無庸置疑是個方便利用的人才。

然而寶泉對七瀨的信任度依舊不明朗。

假如不信任的話，他會把一年級的突襲作戰告訴七瀨嗎？縱然我認為寶泉自己不會抱持七瀨站在我這邊的想法，但他即使感覺到異樣感一般的事物也不足為奇。倘若天澤與這件事有關，這也有可能會被寶泉知道……

不論如何，一年級的襲擊計畫都不值得驚訝，我一開始就預料到他們會在無人島考試盯準掛著懸賞的我。儘管七瀨來報告很令我感激，我的計畫並不會有任何改變。

7

我之後睡了一會兒，在早上六點後啟動ＧＰＳ搜尋。假如今天要執行，應該就可以看見包含寶泉在內的主要一年級生們出現奇怪的舉動。

「他們的位置——沒有奇怪的地方呢。」

唯一行程表相同的寶泉位在附近，但除此之外，每個人都相隔三格以上，目前好像還沒有要動手做些什麼。很難想像他會在別人看得見的地方襲擊，因此我應該可以認為石崎他們在我附近的期間，自己是安全的。

日和與石崎他們也開始醒來，開始準備今天第十二天的考試。

所有人都準備完畢後，就一起邁步而出。

「一早就要爬上這裡，好累人喔～」

剛起床還沒睡醒的石崎抱怨。

「有什麼辦法？要是突然踩進指定區域，會很吃虧啊。」

西野吐槽這樣的石崎。

他們大概以這種方式互動了十天以上吧。

剩餘的成員都置若罔聞，專心走路。

「綾小路同學考試中一直都是一個人，不會覺得寂寞嗎？」

走在我隔壁的日和這樣問我。

「不會特別覺得耶。倒不如說，覺得輕鬆更勝於寂寞。」

「我……還是會有點寂寞，或者說覺得可怕。」

「可怕嗎？總覺得無法想像日和害怕的模樣耶。」

因為她總是一派悠閒，所以給人的形象像是對這類話題很遲鈍。

就算發生靈異現象，她好像也會說：「真厲害～」然後拍起手。

「別看我這樣，我相當膽小呢。所以是真心佩服你，覺得你很厲害。」

「比起我，堀北或伊吹做得才好吧？」

與孤獨的戰鬥拖得越久，精神狀態也會逐漸衰弱，因此會變得思考根本不用思考的事。

面對風聲或樹林搖曳聲，會開始感覺到某些不存在的東西。

「的確……女生獨自在無人島上生活……我就沒辦法。」

日和想像後，一臉有點害怕。

應該只有在這場無人島考試上能看到這難得的一面。

「話說～你們真的很要好耶。」
不知何時走在前面的石崎回頭看著我們這樣說。
「你也真是的，不用在多餘的事情上雞婆啦。」
儘管石崎馬上被西野捏住脖子根部，但還是不以為意地繼續說：
「你們就乾脆交往吧！然後你就過來我們班，好嗎？」
「話題跳太快了啦！」
西野揮下猛烈的一拳，石崎抱頭慘叫。
「石崎同學真有趣呢。」
日和呵呵笑著，完全不在意地回答。
不過，如果把石崎每句話都當真，會很辛苦呢。
我也隨意聽過就算了吧。
「討厭，很痛耶。妳不覺得如果要拉攏綾小路，這是必要的嗎～？」
「完全不覺得。你才是呢，對綾小路同學真執著。」
從不知道細節的西野等人看來，他們應該很不可思議吧。
如果只是知道我在考試得到滿分這點，難怪看起來會像是過度的勸說。
「這個嘛，該怎麼說呢～？……因為波長很合啦，波長。」

「波長？很難想像有人的波長會和你很合。」

對於西野非常嚴厲的回應，石崎忍不住對我投來求助的視線。

「沒這種事喔。別看石崎同學這樣，他也是很那個的。」

日和像是在打圓場，但大家都歪頭思考。

「那個？」

「那個就是那個。我沒辦法再做更多回答。」

「……沒、沒錯。總之這樣不是很好嗎？能讓椎名同學稱讚你。」

「嗯、嗯！雖然不太懂那個是什麼，不過被誇獎的感覺並不壞呢！」

我覺得她大概只是無法具體表達出來而已。

我不可能說出這種殘酷的事，而是默默地聽著。

後來迎來早上七點，公布第一次指定區域是Ｈ10。

好像與日和他們的指定區域Ｊ９不一樣，感覺不會互相競爭。

與同年級競爭不能說是件值得高興的事，所以真令人慶幸。

「那就到這邊了呢，綾小路。回頭見啦。」

「好。考試剩沒多久了，別鬆懈下來，加油吧。」

因為石崎要求擊掌，我回應他之後，彼此就前往各自的道路。

走了不久，總覺得身後傳來聲響。

回過頭後，我看見石崎和日和在對著我揮手。

我也揮手道別，決定前往H10。

這天我不惜每隔一小時就反覆搜尋GPS，不過沒在一年級們的動作中看見奇怪之處，時間來到下午五點。

這代表七瀨不惜冒險告訴我第十二天會動手的消息已經落空。應該是天澤知道七瀨背叛，指出情報已經洩漏；或是原本打算在今天執行，卻因為某些意外延期或中止。

不論如何，我在明天的第十三天和最後一天都不能鬆懈。今天的第三次和第四次基本移動，我都因為隨機區域的影響而被迫無視兩次。

雖然排名沒有掉很多，但由於GPS搜尋造成的影響，導致我退到第十六名。

我明天無論如何都必須踏進指定區域才行。

各自的想法

時間回到七瀨離開綾小路的隔天——無人島考試的第九天。

儘管組成三人組，寶泉從第一天就一直單獨行動，即使早上七點指定區域公布之後，他也仍然躺在帳篷裡。

過了早上八點，一道人影靠近依舊躺著的寶泉身邊說：

「早安，寶泉同學。」

「嗄？」

「是我，我是七瀨。」

「這種事，我聽聲音就知道了啦。妳來幹嘛？」

「來幹嘛？我們是同個小組，就算有互動也很正常。」

雖然這個回答很正經，但寶泉聽到這些話發出一聲冷笑。

「妳有資格說這種話嗎？妳似乎和綾小路處得很開心。成果呢？」

「……沒有成果。他不是我敵得過的對手。」

「哈！反正妳根本沒利用女人的武器，就從正面挑戰吧？」

「女人的武器……嗎？」

面對她出聲表示不懂意思，傻眼的寶泉繼續說：

「胸部明明這麼大，但腦子完全不行耶。」

「不好意思，我不太懂胸部大小和腦筋之間的關聯性。」

「夠了。所以呢？妳來這裡只是為了報告這件事嗎？」

寶泉拿出平板，毫不猶豫地搜尋起GPS。

因為他判斷：既然不知道七瀨站在誰那邊，那就需要警戒四周。不過周圍並沒有寶泉特別需要留意的人影。

「我承認，我自己試圖讓綾小路學長退學的計畫失敗了。所以，我過來是希望能借助你的力量。如果你有計畫，還請告訴我。」

寶泉並不會輕易相信擅自行動，事到如今又要求把她納為夥伴的七瀨。倒不如說，他本來就不會信任任何人。

「滾吧，我自己來。」

「……我會等到你改變想法為止。」

「比起這種事，妳去指定區域吧。妳能做到的就是防止受到懲罰。」

他邊這麼說邊做出趕人的動作，但七瀨沒有要離開的意思。
寶泉無視她並閉上眼睛，打算等她離開。
大約過了十分鐘，七瀨再次出聲呼喚：
「寶泉同學。」
「妳居然還在啊？這樣只是在浪費時間喔？」
「好像有客人。」
寶泉微微睜開眼，便發現除了七瀨，還多了另一道人影。
「不、不好意思，寶泉同學……是我。」
「不，你誰啊？我怎麼可能知道你是誰。」
對於沒有自報姓名就來攀談的對象，寶泉威嚇性地回答。
「噫！……我是C班的……片、片桐。」
「不認識。」
「我來聽你說吧。怎麼了嗎？」
「那是……呃……我帶了必須交給寶泉同學的東西。」
「必須交給他的東西？究竟會是什麼呢？」
「他、他們交代我只能告訴寶泉同學……」

寶泉原本不感興趣地聽著，但好像改變主意，從帳篷探出頭。
接著他站起來，以龐大的身軀俯視嬌小的片桐。
「如果是無聊的東西，我可是會扁你喔？」
「唔……請收下這個！」
他閉上眼睛，戰戰兢兢、全身顫抖地遞出手上的對講機。
「似乎是對講機呢。」
「請、請你收下這個。可以和宇都宮同學說話。」
儘管片桐很害怕寶泉，還是這麼回覆他。
「哈！不惜特地派來小囉嘍，也想和我聯絡啊？」
寶泉一把搶走對講機。
「你特地來聯絡我，是在打什麼主意？希望我陪你玩嗎，宇都宮？」
他對著對講機這麼說，但對方沒有回應。
寶泉在這段期間操作著平板，確認地圖上宇都宮的位置。
「我不知道你是沒發現，還是在無視我，但這會是第一次，也是最後一次機會喔？」
聽到寶泉的最終警告，對講機另一端傳來回應。
『……我本來不想聯絡你。不過在執行計畫上，這是必要的事情。』

「你說計畫？到底在說什麼啊？」

『你已經忘記第六天的事情了嗎？』

「啊啊，話說回來，你說過要密會吧。抱歉，我忘了呢。」

由於七瀨和綾小路一起行動，沒有任何相關情報，導致她的表情僵了一下。

寶泉瞥了瞥七瀨，沒有遠離她，而是繼續聆聽對講機。

『我曾考慮到你會無視。』

「是嗎？然後呢？」

『我們很快就要執行救援一年級的作戰了。』

「救援一年級？」

寶泉這麼回應後，暫時停止和宇都宮的對話。

七瀨趕緊把平板從背包裡拿出來，螢幕顯示倒數十名。

目前一年級當中，總共有四個小組正面臨退學的危機。

「我們一年D班的組別，也有兩個小組在內。」

「哈！那種垃圾消失也無所謂。那傢伙不會以為我會為了幫助同學而行動吧？」

「請別大意。我認為他們應該有什麼企圖。」

「真囉嗦耶。」

寶泉表示他非常清楚這點，並再度按下發話鍵。

「雖然不知道你們有什麼事，但這和我有什麼關係？」

七瀨只強烈感受到，寶泉已經開始進行某種交涉。

她暫時屏聲息氣聆聽，但她的位置在ＧＰＳ搜尋上也是一目了然。

對方無庸置疑是調查過寶泉的周圍後才開口說話。

同時也給人一種刻意不提這件事的感覺。

『因為救援同學時，你無論如何都是必要的存在……』

由於是使用對講機，因此看不見宇都宮的表情。

不過寶泉還是隱約感覺得到對方不是出自真心。

他不會笨到看不透這點。

「是有人對你這麼說的嗎？這還真有意思耶。」

『要拒絕就拒絕。我只是按照邏輯找你討論，原本就覺得少了你也能順利執行。』

「既然如此就談到這邊吧。我拒絕。」

寶泉這麼說，簡短回答後就結束發言。

他就這樣握著那支他隨時都可能丟出的對講機，靜靜地等待回應。

『……寶泉。』

儘管覺得煩躁，宇都宮還是呼喚寶泉的名字。
然而，寶泉沉默以對。
『意思就是沒辦法從你那裡獲得協助，對吧？』
就宇都宮的性格來說，他在寶泉拒絕的當下可能就會結束話題。
寶泉推測他不這麼做，是因為這之中牽涉了其他人的想法。
「等一下嘛，沒人說我不幫忙啊。」
『……你說什麼？』
宇都宮在對講機另一端有些慌張。
可見他是抱著寶泉不會聽進去的覺悟搭話。
「如果你來這裡跪著求我，要我幫忙也可以喔？」
『開什麼玩笑。誰要對你低頭啊。』
「那麼這件事情就免談。這樣行吧，椿？」
寶泉這麼告知在宇都宮那一側聽著對話的椿。
『原來你發現啦？還是說你搜尋了ＧＰＳ？』
「我哪會為了這種顯而易見的事用掉一分？我早就知道妳是可疑的女人。」
寶泉在說謊。他剛才搜尋ＧＰＳ後，發現宇都宮和椿在同一位置，因此把這件事說得像是自

己的直覺。

『好像還是不能只交給宇都宮同學呢。』

寶泉聽見宇都宮和椿的對話，稍微笑了出來。

「意思是妳不信任宇都宮嗎？」

『只限和你有關的事呢。眾所皆知你們水火不容，而且摻入多餘的情緒導致交涉破裂也並非我們所願。』

「所以，救援一年級是什麼意思？」

『你已經知道了吧？倒數十名之中，有四組是一年級生，而且一年D班還出現兩組。如果特別考試就這麼結束，我們一年級生還有你的班級要承受巨大的損害。』

從負責掌管一年D班的人看來，這原本應該是很嚴重的事態。

假如不表現出焦慮或者試圖做些什麼，會讓人覺得很奇怪。

可是寶泉別說是動搖，甚至完全不在意。

「然後呢？妳不會是說要拯救所有後段的一年級生吧？」

『在回答你之前，我要問一個問題。我可以把七瀨同學當作夥伴吧？』

椿此時才首次提及七瀨的存在。

她打算從語塞或是沉默中蒐集情報。

「姑且算是吧。畢竟在垃圾群聚的D班裡，她算是可以加減利用的人。」

『這樣啊。那我就不介意地說下去了。你答對了喲。目前處在後段的四個小組，還有以後可能掉到倒數五名的組別，我打算拉他們一把。』

「真是愛說大話呢。但妳這傢伙做得到嗎？妳目前為止明明就沒有顯眼的活躍表現。如果妳要繼續剝奪我寶貴的時間說這種無意義的事，我可不會饒過妳喔？」

『說自己時間寶貴，但你似乎很悠閒呢。』

椿的這番話，顯示她在很早的階段就用GPS監視著寶泉。

「作為消遣，我先把跑腿的片桐打個半死再送回去吧？」

他的表情一緊繃，眼前的片桐便隨之畏縮起來。

寶泉細微的心情變化，常常使得大部分的學生感到畏懼。

『你可別得意忘形嘍，寶泉。假如你對片桐動手，我會制裁你。』

『等等，宇都宮同學。你現在別來礙事。』

『可是——』

對面起了爭執，暫時中斷通話。

「真不知道他們在幹嘛，對吧？」

「噫！」

大概是寶泉的笑容令人毛骨悚然，片桐不禁想要逃走。

「嘖，真是個無聊的傢伙。你可以走了。」

「可、可是，對講機……」

「這個由我保管。」

「可是……」

「片桐同學，我這麼說是為你好。我認為你應該先把東西交給寶泉同學。」

七瀨介入對話，如此說服片桐。

同時以眼神這麼示意——如果你依舊不肯罷休，我也不知道你會怎麼樣。

寶泉從七瀨身後瞪來，他的眼神擊碎片桐的心，使得他害怕地轉身奔跑。雖然途中差點跌倒，但還是漸漸逃離此處。

「真是個蠢貨。」

「你真強硬呢。」

「這就是我的做法，妳早就知道了吧？」

椿在兩人互動後有了回應。

『久等了。可以重新開始討論嗎？』

「是可以，不過片桐那傢伙丟著對講機不管，不知跑到哪裡去嘍。」

『是你威脅他吧？』

椿簡短地回答，表示她根本不用推理。

「不會打架還真辛苦耶，在決鬥前就分出高下。椿，這點你們也一樣喔？」

『我在打架上確實使出渾身解數也贏不了你。可是，只有「這裡」另當別論。』

「這裡？」

「我是指頭腦，動腦筋。」

聽到椿這個難以想像是開玩笑的認真答覆，寶泉忍不住笑了出來。

「哈……如果妳真的比我聰明，那還真是不得了。」

『我有辦法把陷入窘境的小組強制救出來。為了這麼做，我需要盡可能多一點人手。再說高年級生似乎已經開始使用相同的戰略，我也想借助一年D班的力量。』

椿說正因如此，她才會找至今都恣意妄為的寶泉合作。

「我雖然很想幫忙，但我有事要做哪。現在也是忙到不行。」

由於寶泉在指定區域公布後也沒有移動，椿他們知道他閒得發慌，但他還是刻意這麼說，觀察他們的反應。

『說忙到不行……是指你要讓綾小路學長退學嗎？』

「沒錯。班上的垃圾要消失幾個人都無所謂喔。」

『不過你打算怎麼讓他退學？綾小路學長在第八天早上也是單獨行動，但他沒有位列倒數十名之中。在規則上，這場特別考試的退學條件，只有小組退場或是得分掉到後段這兩個選擇。』

而且顯然無法期待綾小路因為得分，導致名次落入倒數。

『還有，截至目前為止的一個星期好像已經有幾個學生退場，但退場的組別數量目前是零組。剩下的一個星期，環境會開始變嚴苛，或許會有組別退出。』

『確實是這樣呢。也有人的食材數量已經瀕臨極限。』

宇都宮在椿一旁發言的聲音也收入對講機。宇都宮他們已經多次以贈送的形式，幫助煩惱糧食短缺的一年級組別。

『假如率先有五組退場，那麼要讓綾小路學長退學，實際上就是不可能的吧？你不是也可以把幫助一年級，想成是有助於讓綾小路學長退學的方法嗎？』

寶泉現在才緩下笑容，開始表現出認真的神情。

「所以才要救一年級嗎？哎，這似乎不是一件壞事……我就聽聽你們的做法吧。」

『我剛才也說過吧？我們要像其他高年級生一樣，整個年級團結一致，讓有餘力的組別吸收落入後段的組別，拉他們一把。必要的話，我也可能會從掉到後段的二年級或三年級小組手中搶走課題。』

「如果這麼簡單就能統籌大家，就不用這麼辛苦了吧？再說還有A班和B班。我不覺得他們會幫忙D班或C班。」

『我想應該不用擔心這點。已經早就確定會合作了，剩下就只等你給出承諾了喲。』

現在是只要他答應一年D班會團結，就可以開始行動的狀況。

「雖然這不是壞事，可是不保證這樣就能勝利吧？到頭來，就算使用相同的戰略，也只會變成一樣的狀態。經驗差距之下，無法動搖一年級輸掉的結果。」

雖然寶泉看似沒有很認真聽，但他還是在腦中推演了椿的作戰。

接著他做出結論——雖然可以提升救援一年級的機率，但還是無法脫離不利的狀況。

『說得也是呢。這樣下去，一年級出現犧牲者的機率沒辦法化為零也說不定。』

「妳說的這些話不是很奇怪嗎？妳不是要拯救所有一年級生嗎？」

『就像你預測得那樣，如果全年級都使用一樣的戰略，對一年級來說很不利。所以只要在最後一天結束前，讓一些小組退場就行了，不是嗎？』

這裡浮現出椿的真心話，以及她的目的。

『畢竟高年級生還有好幾個人在單獨行動嘛，只要擊倒那些人就可以了。』

「原來如此。只要打垮五個單人組，確實一年級所有人都會得救。」

『倘若要挑起勝負，就要選在大家都開始疲憊的時候。我原本預計在進入後半場戰鬥的第八天到第十天執行，可是發生了一些預料之外的事。』

也就是寶泉沒在第六天現身。

以及因為天候不佳，第七天整天都荒廢，也讓大家都恢復了體力。

寶泉的腦海中也立刻閃過這些事。

「然後呢？具體說一說想拜託我什麼事吧。」

『這場考試的主辦人也提議過吧？就算以暴力行為擊倒對手也沒關係。寶泉同學你打算強行打敗綾小路學長吧？』

「唉，因為我也只能這樣吧。」

寶泉這麼回答，實則口是心非。

就算有幾個其他的戰略，他也決定要靠自己的雙手直接擊潰綾小路。

『不過只靠自己的力量，很難制伏持續移動的綾小路學長，所以你到現在都還找不到機會。但有廣大的包圍網的話，就另當別論了。』

椿說她會負起這項職責。

『以宇都宮同學和寶泉同學為代表，我調查過一年級中有多少人對打架與暴力有自信，並且不會抗拒使用暴力。如果能澈底包圍綾小路，就可以堵住他的退路。』

「意思是妳會製造那種局面，所以要我幫忙嗎？」

『嗯。』

「那些人會冒這種險嗎？宇都宮就另當別論，我不覺得其他人會無償辦事。」

『當然。所以我以支付五十萬點給願意幫忙的人當作成功的報酬，讓那些人同意了。我覺得減少你能分到的點數，可以用來作為必要的經費來源。』

她提議分攤讓綾小路退學會得到的個人點數。

『等一下，椿。原則上暴力行為是禁止的，有多少人會為了五十萬點行動？』

宇都宮似乎也是第一次具體地聽見作戰內容。

對講機的另一端傳來宇都宮的聲音。寶泉理解到此時椿是故意洩漏宇都宮不知情的事。

通常要按著對講機的按鈕，才會把自己的聲音傳給對方。

如果宇都宮說出不妥的內容，她放開按鈕就好。

間接地傳達出自己是祕密主義的事情。

『當然也不能在第一天就拜託他們這件事。後半場學生的身心狀況都開始混亂，給學生帶來相當大的壓力，大家會陷入想要變得輕鬆與想要極端行事這兩種心情相互碰撞的狀態。我認為要參與最初的攻擊，心裡當然會強烈感到抗拒。正因如此，我想要交給寶泉同學打前鋒。』

椿冷靜地分析，說這很容易實現。

『很多人都想在車輛不常經過的路段闖紅燈。如果有旁人的目光，就會難以踏出最初的一步；可是只要有一個人跨越，狀況就會改變。』

椿表示希望把這個任務交給寶泉。

「唉，這做法雖然不錯，但學校也不蠢喔。」

『到時候就是一個巴掌拍不響，雙方都要受罰。只要以口還口，讓雙方都退學就好了。因為我身為指使一年級的主謀會負起責任退學。』

「嗄？」

『我對這間學校沒有留戀，所以就算要馬上退學也無所謂。我讓和我同組的那些人，拿著個人點數和減半卡了。』

椿回答不只是出謀劃策的她，就算把責任推到組別也沒問題。

「可以自爆的人還真可怕呢。我對妳刮目相看了。」

對於一直握有強大武器的椿，寶泉獻上感嘆的發言。

『雖然我沒有告訴過宇都宮同學，不過你會反對這個計畫嗎？』

『……不會。倒不如說，我認為拙劣的小花招才沒有意義。儘管我以自己的方式觀察了綾小路，但他會被當作兩千萬的目標不是單純的偶然。我覺得正因為他明顯是個異常人物，所以才會被盯上。就算想要在規則中攻下他，他也一定會避開。如果妳已經做好覺悟，那麼我也沒有權力阻止。』

宇都宮並不反對暴力行為，而是害怕把一切想得太容易。

既然椿要負全責，狀況就不一樣了。

假如寶泉和宇都宮他們只是被利用的一方，事情就會有所不同。

雖然有可能受到某些處罰，但很難想像校方會一次讓好幾十人退學。

『應該很難從正面讓綾小路學長退學。就是因為這樣，校方才會準備無人島這種沒辦法澈底監視的舞臺。』

「原來如此。意思是這不是偶然吧？」

寶泉暫時關閉平板上顯示的地圖，並切換到錄影模式。

「也就是說，以暴力讓綾小路退出的計畫，是妳自己想到的對吧，椿？」

『沒錯。』

「只要按照妳說得做，我們一年級生就不會出現退學的學生。妳可以保證吧？」

『我保證。而萬一發生什麼事，我會負責。』

寶泉聽見這些話，滿足地結束錄影。

『有確實錄下證據嗎？有我的證詞，你就放心了吧？』

對於椿看破一切的發言，寶泉露出心滿意足的笑容。

「然後呢？什麼時候動手？」

『這個我還不能說。因為不能輕易洩漏執行的消息。』

「意思是妳信不過我嗎？妳要秉持神祕主義是沒關係，但是原本能幫妳的地方可能會插不上手哪。」

『所以才會給你對講機喲。』

從片桐那裡奪走的對講機，一開始就是準備給寶泉的。

雖說是搶來的，但就結果來說是一樣的。

「原來是這麼回事啊。」

『我再找機會聯絡你，請多指教了。』

椿這麼說著，單方面結束通話。

「真是個很難對付的女人耶。」

寶泉這麼笑著，把對講機收進口袋裡。

「你要怎麼做？」

「沒什麼怎麼做。加入椿的作戰不會吃虧吧？反正就算只有我一個人，我原本也有打敗綾小路的打算。」

為此必須反覆搜尋ＧＰＳ。

如果包含這些在內，椿那邊都能準備的話，寶泉判斷搭免費的便車才划算。

「我這邊可以任意地大鬧，一切責任都在主謀的椿身上。這也太好康了吧。」

「你不覺得這樣反而有點可疑嗎……像是被利用之類的。」

「這樣我也歡迎。不過，反正就是這樣。」

「……我也要幫忙。」

「嗄？」

「因為就我來說，我也想保護一年D班的組別。在椿同學給出詳細的情報前，請讓我待在你身邊。」

對於七瀨的提議，寶泉只回答一句：「隨便妳。」

1

接著時間來到特別考試的第十三天，目前是早上六點五十一點。

宇都宮在帳篷旁凝視仰望著天空的椿。

「椿，妳在想什麼？」

「我只是在腦中做最後的預演。有什麼事嗎？」

「沒有，只是想在執行作戰前找妳說個話。和妳的緣分或許就到這裡了呢。」

「是呀。」

由於這也可能會是最後的對話，他們對彼此拋出自己的想法。

「為什麼妳只有和我對話時，不使用對講機？」

「如果不看著臉交談，就會不知道對方真正的想法。你聽見我和寶泉的交談內容，所以應該很清楚吧？」

「是啊。雖然不了解他在想什麼，但他完全不能信任。」

「你無法信任他，是因為他是寶泉同學吧？」

宇都宮的想法被戳中，尷尬地別過臉。

「我在一年級裡只信任你，所以才希望你聽聞作戰內容後，把你想到的事情直接說出口。」

椿露出自嘲般的笑容後，又回復到面無表情。

宇都宮聽到自己受到椿的信任後，回想起自己有事要確認。

「準備得怎麼樣了？」

「你要看我剛才搜尋GPS時拍下的一張截圖嗎？」

椿說完就啟動平板，讓宇都宮看GPS搜尋後的圖像。

綾小路的露營地在E5，一年級們則占據D4與E6。

「配置就如同妳的計畫，很完美呢。」

「畢竟我很謹慎地準備嘛。地形也是我們占優勢。」

椿緩緩抬頭仰望盯著畫面的宇都宮。

這時有人靠近他們兩人身邊。

「椿同學，可以打擾妳一下嗎？」

那是和宇都宮同組，一年B班的領袖人物——八神。

「我已經準備完畢，所以有時間說話……」

椿一臉疑惑地對八神透漏不滿。

「其實我有事無論如何都要先告訴妳。」

「抱歉，稍等我一下。在這之前，我有話要先對你說。」

宇都宮稍微加強語氣，叫住打算和椿說話的八神。

「是什麼事呢？」

「你昨天突然消失，是跑去哪裡了？」

「不好意思，我的手錶故障，所以我趕緊回去起點。」

他這麼說完，展示戴在左手的手錶。

「故障？這已經是第二次了呢。」

宇都宮像是覺得哪裡怪怪的一般提高戒心。

「八神，你在打什麼歪主意？」

「只是手錶故障，就被懷疑在動歪腦筋，真是令人覺得遺憾耶。宇都宮同學的手錶幾天前也故障過一次吧？意思是你也很可疑嗎？」

「我的狀況單純是手錶有問題。」

「我也差不多喔。」

宇都宮瞪著始終掛著笑容的八神。

「等一下，你們兩個。可以不要在這種時候起爭執嗎？你們姑且算是朋友吧？」

「……抱歉。可能是作戰前夕神經有點太敏感了。」

「我也說得有點太超過了，我向你道歉。」

「你更換手錶就花了一整天嗎？如果你有其他理由，能告訴我嗎？」

「關於今天的執行作戰，我為椿同學準備了一個禮物。」

「禮物？」

「把綾小路學長逼入絕境的戰略，未必會進行得很順利，對吧？」

在執行重要作戰的前夕，八神說出令人不安的話。

對此過度反應的不是椿，而是站在她隔壁的宇都宮。

「八神，你在說什麼？難不成你是說這個作戰會失敗——」

「我不打算抱著可能失敗的心情執行作戰呢。」

像是在掩飾宇都宮的否定，椿也以稍微強勢的語氣回應。

「椿同學擬定的戰略當然是完美的。這個作戰應該可以說是滴水不漏吧。畢竟動用了我們一年級能準備的最大勢力上前挑戰嘛。所以，我毫無疑問覺得戰略會成功；不過，你們不覺得先做我們力所能及的事會比較好嗎？」

儘管覺得八神喋喋不休很可疑，椿還是平靜地詢問：

「就我來說，我也不想做出超出常規的事，你繼續說。」

實際上要不要接受八神的提議，聽完再判斷就好——椿在心中如此低語。

「我想妳從現在開始會反覆搜尋ＧＰＳ，掌握綾小路學長的位置並把他逼入絕境。可是這樣妳免不了需要消耗大量的分數，對吧？」

「正因如此，我這邊也準備了備用小組的平板。」

八神安撫般地對在一旁補充說明的宇都宮說了句：「我知道。」

「可是，就算說得再好聽，這樣也不能說很有效率。你們知道為什麼嗎？」

「因為不知道綾小路學長的指定區域，沒辦法預測他的行動。」

八神對椿的回答滿意地點點頭。

「沒錯。綾小路學長會前往指定區域還是參加課題，或者單純為了逃跑；什麼放在優先，打算放棄什麼行動……如果能完全預測到這些事，效率就會一口氣提升。」

「如果能輕鬆知道這些，我們就不用這麼辛苦了。所以，我不就多準備了一臺平板，用來多次搜尋GPS嗎？」

「我也希望自己能派上用場，所以用自己的方式花了點時間調查到一些事——那就是綾小路學長在十二種行程表中，屬於哪一個行程表。」

椿原本一副不感興趣的模樣，此時停下擺弄頭髮的手。

與此同時，宇都宮也停止反駁。

「意思是你知道了？」

「沒錯。只是正確來說不是我，而是這臺『平板』會告訴我。」

八神這麼說並遞出一臺平板。

「這是？」

「這個東西是從一年B班，我夥伴的組別那兒借來的。因為這臺平板的主人和綾小路學長是同一張行程表。」

「也就是說，只要有這個，就可以即時知道綾小路學長今天的行動吧？」

八神緩緩點了點頭。

只要和綾小路同時知道指定區域的位置，就可以輕易搶在他前面行動。

「你能確定這臺平板真的和綾小路是同一個行程表嗎？」

八神無視直呼綾小路名字的宇都宮，繼續與椿對話。

「至於我是怎麼調查到的——」

「你反覆搜尋ＧＰＳ，把行程表查清楚了呢。」

椿不假思索，看穿了八神的方法。

「……不愧是妳呢。我做了多餘的事嗎？」

八神原以為能稍微讓椿嚇一跳，反而是他自己覺得很驚訝。

「沒有。能借到那臺平板很令人感激喔。考慮到接下來要消耗的得分，我也想儘量避免亂槍打鳥。可是這樣好嗎？」

「我們是命運共同體。椿同學的成功，和我的成功是一體的。而且，雖然同為一年級的代表，我和宇都宮同學的小組持續戰鬥到現在，但目前很難進到前三名。既然如此，只能從其他地方努力了。」

今天之所以在此集合，也是因為在獲取得分這件事上已經沒有太大的意義。

如果現在是在坐二望一的位置，就沒有在這邊悠哉集合的餘裕。

接著，八神更是繼續說：

「再說，如果你們不能接受這項提議，你們現在也準備不了第二方案。」

「第二方案？你到底在說什麼？」

「第一方案呢，是靠椿同學的作戰把綾小路學長逼入絕路，強行讓他退場，可是也有可能因為某些原因以失敗告終。例如說，當天綾小路學長整天都和別人一起行動，就不能在他人的目光下襲擊呢。」

「這點不用擔心。他在第八天後，基本上都是單獨行動。」

宇都宮反駁這件事已經調查完畢，但八神還是搖了搖頭。

「但第十三天不一定也會是這樣。」

「的確是這樣呢。然後呢？」

「倘若因為預料之外的事情而導致失敗，就要改用讓綾小路學長無視所有指定區域的方案，藉此奪取他的得分。然後明天，最終日的第十四天也有三次移動，我們要封鎖這些移動。」

「也就是說，要讓他受到五次處罰？」

「不，最多可以讓他體驗到七次。昨天第十二天的第三次指定區域，綾小路學長他們的行程表出現了遙遠的隨機區域Ｄ４，後來他也沒踏入第四次的指定區域Ｆ２，總共無視了兩次。已經確認他會把目標切換到完成課題上。」

「假如變成七次，就是扣二十八分……是不容小覷的分數呢。」

考試只剩下兩天，這段期間失去二十八分的話，會是相當沉重的打擊。

宇都宮察覺到八神想到的第二方案的重要性。

「綾小路學長現在也是單獨一人。雖然不清楚他有幾分，但因為他是單獨一人，所以應該沒有那麼多吧。而他也可能會因為我們的襲擊而搜尋ＧＰＳ。只要超前連課題都封殺，他極有可能落入倒數五名。」

「嗯，確實如此。」

「如果綾小路學長會因為這個第二方案成功而退場，我拿五百萬點，椿同學你們拿一千萬點，這麼做如何？剩下五百萬點就分配給失敗的組別，他們應該能接受。」

「這個點子不錯。椿，妳不這麼覺得嗎？」

宇都宮發自內心地對八神的提議感到驚訝，椿的反應卻只有冷淡。

「椿，我認為應該要有多一重保險。」

宇都宮再次對椿建言，認為應該要接受八神的提議。

「唉，既然你都準備了同一張行程表的平板，我就沒有不執行的選擇。」

椿說了句「不過——」，一度語塞並掏出其他平板。

她讓他們看自己的平板、備用平板，以及第三臺平板。

「這臺平板是？」

「是和綾小路學長相同行程表的平板。」

「妳說什麼?什麼時候……」

八神根本不用鎖定行程表，椿的手邊就已經湊齊需要的東西。

「椿同學真是超乎我的想像。妳也有想到這個備案呢……」

「如果是這樣，妳怎麼沒說?」

「總覺得有點不開心——八神同學也想到讓綾小路學長無視指定區域的戰略。我本來想假裝不知道，因為我們的想法實在太相似了。」

聽到這番有點孩子氣的發言，八神和宇都宮一度交會眼神。

「這麼說來，我不能收下報酬了呢。我放棄五百萬點。那麼，就讓我在遠處觀察情況。」

「謝謝。老實說讓無法信任的人待在附近實在很難辦事，你能離遠一點真是幫了大忙。」

八神沒有不滿，接受了椿這番毫無隱瞞的直白發言。

他與他們保持一段距離後，宇都宮對椿說：

「椿，假如以物理性的方式打倒綾小路，他真的就會被判定退場嗎?」

「因為手段很強硬，所以不可能沒問題呢。如果要預設最壞的情況，也可能是我們這些動手的一年級生被退學。」

「假如學校也要把幫忙的組別算進去，就會有相當多的學生被退學。」

想到可能只有一年級這方退學，宇都宮的表情變得十分僵硬。

「可是，那個機率實際上幾乎是零喔。應該只有我這個主謀會扛下最重的罪刑。因為學校沒辦法一口氣讓十幾二十個一年級生退學。」

「這也是個問題。妳真的打算一個人頂罪嗎？」

「之前特別考試公布時，說出要讓綾小路學長退學的人本來就是我啊？而你只不過是陪我而已吧？」

「是這樣沒錯……」

宇都宮回想一開始入學，就和二年級搭檔進行了特別考試。

只要讓綾小路清隆退學，就能得到兩千萬點的特殊考試。宇都宮起初對這場特別考試表示厭惡，並且提議一年C班旁觀。

可是椿反覆說服宇都宮，並把他拉為夥伴。她認為今後一年C班倘若要以前段班為目標，兩千萬點將會是一筆龐大的財產。

當宇都宮問她要以什麼手段讓綾小路退學時，椿立刻回答了。

她說要和綾小路組成考試搭檔，故意放棄考試並且自爆。椿一退學，報酬的兩千萬點就會馬上轉給宇都宮這個合作對象，並且希望他未來利用這些點數為一年C班所用。

「妳一開始提出這項計畫時，說過不能深入探究理由吧？」

「你很在意嗎？我覺得退學也無所謂的原因。」

「……說不在意是騙人的。剛入學就想要退學很不自然。」

「唉，我承認一年C班是比想像中更令人自在的班級。正因為如此，反正我終究要退學，那就要為班級有所貢獻後再退學。」

椿只回答這些，還是不打算說出詳情。

繼續追問會違反規則，所以宇都宮也一改態度，將視線看向森林前方。

「我還是一起過去吧？如果是我，我有自信和綾小路在單挑上獲勝。」

「不行。對一年C班來說，宇都宮同學是不可或缺的人才。更何況我負起責任後，你也有可能會一起被審判。綾小路學長就交給其他人。」

「如果是普通對手，這樣就夠了。可是綾小路是掛著兩千萬點懸賞金的人，一點也不尋常。既然搶先動手的寶泉都無法順利打敗他，我們就應該盡己所能。」

「說得也是。把他當作是寶泉同學那種等級的人物再動手比較保險呢。」

即使如此，椿還是不對宇都宮發出GO的信號，而是指示他留在這裡。

「……知道了。那我決定旁觀妳的戰鬥。」

「欸，宇都宮同學。」

宇都宮為了不要礙事而打算保持距離，而椿出聲對他的背影搭話。

「什麼事？」

「你好像滿強的，是在哪裡學會戰鬥的呢？你並不是不良少年吧？」

「這也沒什麼。沒必要做多餘的追究吧？我們彼此都是。」

「是啊。但我還是要先問一下。你對我沒有隱瞞什麼其他事情吧？」

「隱瞞？完全沒有。畢竟我的腦中就只有戰鬥。」

「那就好。」

接著到了早上七點，考試開始。椿一手拿著對講機，另一手拿著平板，並且開口表示平板顯示出綾小路的目的地是Ｃ３。

「通知各組人員，敵人前往的指定區域是Ｃ３。位於Ｄ４的組別請在原地待命，Ｅ６的組別開始北上夾擊。就算找到人，在我給出許可前也禁止接觸。」

椿這麼指示完，靜靜地切掉對講機的通話。

「排除綾小路學長後，在我的存在曝光給學校之前，需要擊破幾個二年級與三年級的單人組——我要瞄準誰好呢？」

椿進入最終的思考整理——到底要以誰為目標。

2

早上七點，在指定區域C3公布的階段，我察覺到異樣。

我進行這幾天例行的GPS搜尋，先搜尋會爭奪抵達順序的競爭對手。

因為在這之中，我察覺到一年級的主要成員「宇都宮」、「椿」與「八神」這三個人聚在一起。宇都宮和八神是同一張行程表，因此待在一起並不奇怪，然而椿在場就很讓人在意。再加上，我沒見到其他主要組員的身影。

我想起上次從七瀨那裡聽說的事。直覺告訴我，今天就是一年級動手的日子。

一年級的組別當然分散在島嶼各地，可是與我昨天傍晚確認時相比，位置有了很大的改變。在他們要包圍我的D4和E6集結了數量相當多的組別。

「開始動作了嗎……」

雖然無人島很遼闊，如果敵人打算把GPS搜尋運用到極致，我很難一直避免正面相遇。我沒幾天就知道七瀨和我的行程表相同，我可以確定我該前往的指定區域已經曝光。

這麼一來，我就得避免直奔C3；但是來到這個最後階段，有很大的風險會不小心受罰。

昨天我已經連續無視兩次指定區域，假如剩下的七次指定區域都沒踏進去，排名究竟會降到哪裡……雖然不知道他們是算準我無視兩次的時間點還是偶然，但要動手的話，這可以說是個絕佳的時機。

「他們似乎知道最基本的戰鬥方式呢。」

沒有勉強在半夜或清晨動手是對的。

假如在視線不良的半夜動手而讓我逃走，就算有ＧＰＳ搜尋也不可能抓到我。反過來說，如果是清晨，不知道我的指定區域就很難制定方針。

不過人數還真不少。雖然我原本就在留意寶泉之類的少數強者們可能會採取某些手段，但現在超越我預想的規模。

寶泉的位置和昨晚一樣都在Ｄ４。倘若我要前往指定區域，就會碰上他吧。

如果我被一年級們襲擊，校方很有可能會站在我這邊。

可是，全校同時把我定位成不安分的奇怪人物。

而我想要普通度過校園生活的目標也會因此化為烏有。

眾多毫不知情的教師應該也會一改對我的認知，把我視為不正常的學生。

由於課題地點也會有老師，安全上會受到保障，可是被一票人追上，就不能說是個明智的選擇。儘管也有和其他學生一起行動的辦法，但一年級就不用說，南雲所支配的三年級生，我應該也要判斷成敵人。

我現在能選擇的，可以說就是逃到一年級生體力耗盡並放棄追蹤為止。

收完帳篷、做完準備的十分鐘後我再次搜尋，接著便看見圍著我的一年級生的ＧＰＳ反應不斷逼近我。

七瀨說過「被抓到就會變成暴力事件」，這點將會成真。

指揮這項戰略的人不害怕退學。

萬一發生什麼事，他或許完全有身為主謀負起責任的覺悟。

既然這樣，假使萬一發生什麼事，我也應該儘量避免隨便交戰。即使加上昨天，我需要無視總共六次的指定區域也一樣。

在被河川與山脈包圍的狀況下，通常會忍不住想要翻山越嶺逃離現場，但因為敵人的配置，這不能說是個明智的選擇。儘管多少有些危險，往南方逃應該比較好。

恐怕只要選擇遠離指定區域這個選項，敵人照理說也不會窮追猛打。

我從背包拿出某樣東西，邁步向前。

3

「情況怎麼樣，椿同學？」

上午八點，順利的話就會是一年級的組別接觸綾小路的時候。

八神在意對講機至今都還沒傳來報告，因此出聲詢問。

「別慌張，目前為止都有按照計畫進行——事情順利得可怕。」

「那就太好了。」

綾小路為了不被靠近自己的一年級小組抓到，正在澈底地繞遠路。雖然不知道間隔多久，但他顯然會定期搜尋ＧＰＳ。如果可以盡可能讓他吐出分數，那就再好不過了。儘管椿也不惜做出暴力行為，但她同時認為：最理想的狀況是不訴諸暴力打敗綾小路。

如果他能就這樣繼續累積無視次數，就會看見不戰而勝的道路。

假如他忍不住企圖強行突破，也只需在那個地方打敗他。

現在是追得到卻沒有窮追不捨的狀況，幫他保留一點容易逃脫的路線。

椿毫不顧慮地吐出自己存到的得分，每隔十分鐘就啟動ＧＰＳ搜尋。

截至昨天為止的十二天內，她不是為了獲勝而存下得分。

為的是在此時此刻把得分全數吐出。

過了上午九點，綾小路確定第三次無視。

平板接著顯示綾小路的目的地是Ｄ２。目前綾小路逃入Ｃ６，就算不妨礙他，他也很難踏入指定區域。

有兩個小組為了把綾小路清隆逼入絕境而不斷移動。

即使每隔十分鐘更新位置，也能清楚知道他的動向。

這樣下去綾小路有可能從Ｂ４與Ｃ５之間溜走，接著北上。

所以她指示剩下的三組先在Ｃ４集合。椿判斷可以暫時觀察情況，於是暫時停止搜尋一個小時，並且稍事休息。過了上午十點，她為了檢查所有人的位置而確認狀況。綾小路就和椿預測得一樣，正打算從Ｂ４與Ｃ５之間溜走，追趕他的兩組也正要進入Ｂ５。

「我不會讓你溜走。」

她指示進入Ｃ４的組別盯準綾小路下山的時機。

目的是要搶先一步，誘導他往Ｂ４和Ｂ３的方向前進。

椿這時開始再次每隔十分鐘搜尋ＧＰＳ，掌握全體人員的位置。綾小路就如同她的預測，為了逃離超前的一年級生而從Ｂ４往北走。她看見這種狀況，就讓三個小組從Ｃ４北上，把他追到走投無路。

「我可以問妳一個問題嗎，椿同學？」

「……什麼？」

八神與她相隔一段距離，同樣操作著平板並看向她。

「只要做出更仔細的指示，就能把綾小路學長逼到絕路了吧？最後關頭好像執行得有點掉以輕心。」

「真煩……」

椿以八神聽不見的音量輕聲這麼說，決定無視他。

又過三十分鐘左右，麻煩發生了。

因為奉命從C4北上的三個組別幾乎沒有移動。

就算在移動遇到麻煩，也應該不可能會有多達三個小組停下腳步。

她這次的間隔比十分鐘更短，每五分鐘就更新GPS位置。

「果然沒有移動……」

綾小路打算逃出B3，那三個小組卻沒離開C4。

這樣下去，他恐怕會溜到C3。

「怎麼了？發生什麼事了？」

儘管她用對講機呼叫，也沒有得到回應。

「真奇怪。」

椿發覺這不單純是小組發生意外。

「怎麼了，椿同學？」

八神發現她的表情蒙上一層陰影，擅自窺探她的平板。

「發生什麼事了？」

「我派去的一年級生，五組之中有三組停下動作。停止動作的三組出現的共通之處，就是與二年級的組別重疊在相同的位置上。」

在這場超過四百人的無人島考試上，和各種組別擦身而過並不足為奇。

因此椿也沒有留意到這一步。

「回答我。」

椿再次以對講機呼叫，可是等了老半天，遲遲等不到答覆。

「也有可能是單純的意外吧？在這座無人島上，許多小組都為了追尋指定區域和課題而不斷移動，我認為單方面的判斷反而危險。」

「碰巧有三組被二年級阻礙也一樣？」

「這麼說是沒錯……」

椿抑制急躁的心情，又忍耐了五分鐘，然後更新ＧＰＳ。

「姑且開始動作了，但好像相當遲鈍呢。」

「二年級的組別緊緊黏著。」

綾小路在這段期間也穿越Ｂ４，接著在Ｂ３下山，打算前往Ｃ３。

雖然這麼一來就只能交給在後方追趕的那兩組……但等她察覺時，追在綾小路身後的兩個小組也完全停下了動作。

而且，同樣有二年級的組別緊緊跟著。

「看起來的確是正受到二年級生妨礙……如果是這樣，那會是誰──」

八神擅自觸碰平板，打算確認細節。

「等等，你別礙事。」

「唔！」

椿揮手趕走八神。

「你姑且算是我的夥伴，所以才讓你待在這裡，但我不記得允許你隨便動手喔。」

八神被椿充滿氣魄的雙眼怒視，往後退了一步。

「……知道了。不過讓我說說我的意見吧。妳最好確認那些妨礙他們的二年級生是誰。」

「我知道。」

用不著別人說，椿原本就打算確認，於是她開始操作平板。

為了找出似乎正在妨礙自己的二年級成員們。

可是五組之中沒有混進任何一位她在意的學生。

「那些二年級的領袖級人物，好像都沒有參加呢。」

「而且，A班到D班的學生都很平均，沒有明顯集中在哪一班。」

「也就是說，這不是只有特定班級，而是在二年級全體的意思下行動？」

雖然八神說得沒錯，但椿還是有點擔憂。

因為她難以想像全年級會團結一致保護綾小路。

「……沒錯。」

這是從這個狀況可以看出的其中一個答案。

「這五組二年級生不知道自己為什麼要進行妨礙別組的任務。」

「意思是沒被告知內容就幫忙了？」

「因為理由是什麼都無所謂吧。為了保護二年級，過來妨礙一年級的基本移動和課題——可能跟被拜託跑腿差不多的感覺吧？」

椿接受這個狀況，回顧今天的GPS搜尋紀錄。

她滑動截圖，追蹤二年級生在哪裡。

「手法太好了。只能認為一開始就被他們知道今天要襲擊。」

「特別考試只剩下兩天，我不認為他們戒備森嚴是件奇怪的事。因為綾小路學長照理說也知道自己被掛了懸賞金，應該預先做好了安排。」

八神說，考試越接近後半段，被襲擊的日子就會漸漸縮小範圍，因此並不足為奇。

「動手的我們這方，只需要現在撥出時間襲擊就好，但二年級沒辦法整天保護綾小路學長吧？畢竟他們還要參加特別考試。」

只剩兩天，也意味著現在是必須儘量賺取分數的時間。

「確實是這樣……」

「然後另一件讓我感到在意的事，就是我們的小組被輕鬆地繞了過去。就算他們分散行動，要捉拿五個組別也不容易。」

八神對於這些作戰無法做出回答，把手抵在嘴邊陷入沉思。

「你不知道為什麼嗎？這證明對面藏著指揮官。」

「意思是說，有個像妳一樣負責統籌的人物潛藏在背後……？」

椿點點頭，同時攤開整座島的地圖。

現在在這些ＧＰＳ反應的某處，有人正和自己一樣看著戰局。

而且他還做出精準的指示，壓制一年級的組別。

「依我看，我認為也應該考慮暫時中斷作戰。」

「為什麼？」

「妳不會想讓他們強行突破吧？這樣很危險。」

「我不會這麼做喔。目前追捕他的五組學生辦不到這種絕技。」

「那妳為什麼不中斷呢？」

「因為不管怎麼做都一樣。」

「都一樣……嗎？」

對椿來說，她一開始就已經料到這個狀況。

倒不如說，她甚至很感謝能有妨礙的小組出現。

「雖然不知道是誰在指揮，不過我會告訴他，只用眼睛看得到的情報並不能代表一切。」

「妳到底想做什麼？」

「對面的指揮官，恐怕昨晚就發現一年級的五個小組有了動作。」

「原來如此。意思是他們晚上也有持續搜尋對吧。」

「我剛才也說過，二年級有他們自己的考試。由於我們這邊準備了五個組別，所以對面也想同樣丟出五個組別巧妙地周旋。要是他們準備六七組，那麼就會疏於進行特別考試了。」

「可是，為了以防萬一，他們也有可能多準備一兩組吧？」

「是啊。不過就目前看見的，只有五個二年級小組出現零散的行動。對方應該很有自信，判斷可以用相同的數量應對吧。不過這麼做會很要命。」

椿拿著對講機，下達新的指示。

「這樣就不會有礙事的對手。如果是現在，就可以走向你希望的發展喔。」

「你在聯絡誰呢？附近已經沒有任何組別可以動用……」

「我說過了吧？只用眼睛看得到的情報並不能代表一切。」

椿下達指示後，思考到底是誰涉及這場戰局。

「綾小路一邊逃跑一邊指揮？不對，再怎麼說都不可能。他沒有可以操縱與足以統率別班的向心力，如今也沒有那種餘力。」

椿小聲嘀咕的聲音就連站在旁邊的八神都聽不見，只有嘴巴在動。

椿在思考時，習慣以周圍聽不見的音量說出推理。

不論音量多麼微弱，腦中都會因為自己出聲而變得清晰。

如果要比喻，這就像在整理時，把衣服從塞得一團亂的衣櫃中一件件拿出來，並重新放入。

「可以認為綾小路接觸了干涉現在局面的那個人，並尋求協助。這樣的話，應該就可以從很早的階段就為這一刻做準備。」

「咦，妳說了什麼嗎？」

「什麼都沒有，別在意。」

由於椿反覆呢喃，八神的耳朵似乎也聽見類似話語的聲音。

椿看起來有點煩躁地這麼回答後，再次把視線落在平板上。

4

坂柳凝視像鑽石般閃閃發光的大海，並含了一口水。

這麼做與其說是為了補充水分，主要目的是要讓嘴唇恢復潤澤。

時間是早上七點五分，剛好是椿執行作戰的時候。

「好像開始動作了呢。」

坂柳看著平板，單手握著對講機下達指示。

坂柳在第十天晚上、第十一天晚上與第十二天晚上，這三天都一直在半夜搜尋ＧＰＳ。因為要包圍綾小路，需要瞄準考試以外的時間行動。

「我這邊好像也準備好了，所以我們開始吧。」

『是可以啦，但就算要前往相同的區域，也不保證遇得到吧？』

對講機傳回一道慵懶的聲音。

他是和坂柳同班的司城。

坂柳說明今天要妨礙一年級並封鎖課題，於是讓司城前往現場。

「到目前的十二天，正一點一點地對無人島內部的地形造成變化。你知道那是什麼嗎？」

『地形變化？……是在指人經過之後嗎？』

「沒錯。畢竟無人島每天都有學生或教職員在四處行動。實際上，現在司城同學你也會為了選擇安全與快速的路線，而自然而然利用這些變化吧？」

雖然變化很細微，但是也因為下過雨的關係，很多路線都清楚留下人經過的痕跡。

「重要的是，假如確定了目標地點，就不難推測路線。」

『妳明明沒有親眼看見，卻像是在看著那些路呢。』

儘管只有在平板上，但在坂柳眼裡，無人島看起來的確是立體的。

她在腦中真實地模擬誰會如何前進。

而且接下來，她就要去抓出描繪出這份整體圖像的人。

之後坂柳暫時眺望大海打發時間，大約三十分鐘之後才再度看向平板。

「好啦，在大家盯著指定區域和課題的這段期間，完全不動的人非常少呢——」

如果進一步只鎖定一年級生，就能在一瞬間把範圍鎖定到最小限度。

接著找到從七點考試開始就沒有動作的三個GPS反應。

「八神拓也同學、宇都宮陸同學，以及椿櫻子同學。究竟誰才是我的對手呢？還是說，他們三人都是呢？」

她輕輕笑了笑，開心地瞇起眼。

坂柳想起為她帶來這場有趣戰鬥的人物。

那是三天前的事情，時間要回溯到特別考試第十天的半夜。

坂柳身邊收到持有對講機的竹本組的聯絡。

「這種時間聯絡，怎麼了嗎？有什麼傷腦筋的事？」

坂柳以為發生某些意外，然而事情似乎並非如此。

『沒有，不是這樣的。其實是綾小路想跟妳說話。』

「綾小路同學？」

對於意想不到的名字，原本有點想睡的坂柳意識突然清醒。

『目前是我們欠了點人情的狀態，要是妳能跟他說話，就幫了大忙——』

「當然沒關係。請換他來說。」

『妳稍等一下。』

持續一段沉默後——

『坂柳嗎？』

「你好，綾小路同學。」

坂柳優雅地打招呼，讓人難以想像現在正值無人島考試。

『班級間的合作好像進行得很順利呢。』
「是啊。也都聯絡上龍園同學和堀北同學了，事情進行得很順利。雖然我沒有聽說細節，不過竹本同學他們好像受到了你的照顧呢。」
『妳的組別也正在快速躍進，目前好像是第五名吧？是名列前茅的位置呢。』
「儘管不是完全沒有不安因素就是了。」
『是這樣嗎？』
「你見到一之瀨同學了嗎？」
『沒有，在這場考試裡都還沒見過。怎麼了嗎？』
「我收到聯絡，說她的樣子有點奇怪。聽說連續好幾天都心不在焉的狀態，讓人掛心。」
這場特別考試是持久戰，身體垮下或覺得洩氣都不稀奇。
「所以，你找我有什麼事？」
『我有件事想拜託妳。』
「別客氣，儘管說吧。我會回報你幫助同班同學的恩情喔。」
『是有關White Room的事。』
「這聽起來似乎更有意思了呢。」
由於坂柳也知道月城代理理事長的事，考慮到這一點，綾小路說明七瀨曾是月城派來的刺客之一。不過，他說明目前還潛藏其他White Room的學生，而那個人極有可能是天澤一夏。

「真希望你早點告訴我呢。」

坂柳覺得很遺憾，彷彿錯過享樂機會一般地說。

『因為兩者都沒有確鑿的證據嘛。』

「叫做天澤一夏的人就由我來打敗，可以吧？」

『……不，不是這樣。』

聽到坂柳若無其事地說出不得了的發言，綾小路感到慌張。

『其實還有一個障礙。』

綾小路在此向坂柳表明正題——關於南雲與月城主導懸賞金的那件事。

坂柳從小就認識綾小路，是二年級中唯一知道內情的人。

可是他到目前都沒說出這件事，除了綾小路本身的問題當然影響很大，再來就是他沒有把坂柳算在「夥伴」之中。

原本在這間學校裡分到不同班的當下，兩人直到畢業前都是敵人的這種局面便不會改變。

也能想像坂柳極有可能為了獲勝，而利用關於White Room的情報。

不過，他在接觸坂柳的期間，了解那些風險並沒有那麼高。

而這次他把微小的風險拿來與新的風險相權衡，結果出現了顛倒過來的現象。

「也就是說，盯上綾小路同學的一年級生會在近期發起行動吧。」
『沒錯。我想麻煩妳對付他們。』
「可是，如果同樣是White Room生倒還好，我認為其他人無法把你逼到絕路。」
『一年級生恐怕會施展出強硬的手段。畢竟要讓我退學，攻擊單人組是最可靠的方式。這麼一來，他們就會強制封死課題；如果要更進一步，不難想像他們會妨礙我移動到指定區域。』
坂柳認為不管來幾個人，只要綾小路採取強硬的手段，就不難擊退他們。
然而這種應對方式不能說非常理想。
「倘若你變成一年級總動員都打不倒的對手，你的名字會一口氣在學校裡傳開吧。就我來說──心情十分五味雜陳，不知該高興還是悲傷。」
『可以的話，我真希望妳覺得悲傷。而且，月城還有可能在計劃些什麼。可以的話，我想專注在那邊。』
「我充分了解情況了。」
「無法避免的是，會加重妳的負擔。」
「我知道。假如要經常持續監視，無論如何都有必須定期搜尋GPS的風險。」
這就會出現無論如何都必須完全仰賴坂柳的部分。
「別擔心。我已經掌握所有隸屬A班小組的得分。」

『這還真是——妳聯絡得很仔細呢。』

「在制度上，第十二天以前都可以知道倒數十名的分數。掌握哪一組有危機，哪一組有餘力，是極為重要的事。有好幾個無法排到前十名的小組有一定的餘裕，也就是說，就算每一組都要搜尋好幾次GPS，他們在最後一天之前，應該都還是可以遊刃有餘地網羅所有情報。」

這是坂柳完美統籌的A班，以及一之瀨絕對不會背叛的C班，兩者合作才可能實現的戰略。這個戰略，D班可說看似做得到，實則無法。再說用來取得對講機的費用也不容小覷。

「只要攔住盯上你的一年級生就可以了，對吧？」

『我可以當作妳願意幫忙嗎？』

「如果只是幫助你通過課題，這場考試有點無聊。再說，這次的事情對我似乎也有好處。」

『怎麼說？』

「就竹本同學受你照顧的人情來講，這個回報太大。也就是說，這麼做是在『賣』你新的人情喲。」

『雖然聽起來很刺耳，不過如果能做出成果，這份人情我就先『買』了。』

「那就說定嘍。那麼，我會著手進行準備。」

『對了……還有，如果可以的話，我可以直接借用這支對講機嗎？』

「我當然也這麼打算。能互相聯絡也會比較容易進行。那麼，你可以先暫時把對講機還給竹

本同學嗎？我會說明狀況，再叫他交給你。」

——坂柳回想起第十天夜晚發生的事情，像是想到美妙回憶似的露出微笑。

在平板上，坂柳派出的五個小組攔住一年級。

「那麼，這樣可疑的五組就會停止動作了。就讓我來查明計劃這次襲擊的人物是誰吧。」

坂柳拿著對講機聯絡A班的學生。

5

「不好意思，椿同學。」

「你還有什麼事？」

「我不知道妳還留著什麼手段，但我認為妳應該要預料到這種事，對五個小組做出詳細的指示。在被二年級包圍之前讓五個小組逃走，應該沒有那麼難吧？」

派去的一年級總共有五組。就算有人特別盯上那五組，要在遼闊的無人島上捉住他們也並不容易。八神認為，這五組會這麼輕易地被抓到，是戰略上的失誤。

「就算他們硬是逃脫出來，像是因為被學長姊們纏上、覺得很可怕之類的，事後要準備多少藉口都行。要是妳更早一點找我商量……」

「你的意思是說，是我忘記這件事才變成這樣？」

「如果話說得重一點，就是這樣沒錯。」

椿看著一臉不滿的八神回答：

「唉，我會在結束之後告訴你啦……因為實際情況相反。」

「相反嗎？」

「不是我的小組被抓到，是我逮到對方的小組。」

「呃……不好意思，我好像有點無法理解。」

「為了讓綾小路學長退學，我派出了五個小組。就算可以把他逼到看得見他的位置，如果我們和他的身體能力差距很大，會讓他逃跑吧？根據傳聞，他好像擁有接近那位寶泉同學的實力。意思就是說，我一開始就沒有打算全靠目前的小組。」

聽到椿這麼說，八神歪了歪頭。

「妳的意思是，憑我們一開始派出的組別贏不過綾小路學長？那這個作戰沒有意義吧？」

「我有兩個目的。一個是試探綾小路學長的想法——他偏好什麼，以及討厭什麼。」

她「咚咚」一聲，用食指指腹輕敲平板解釋。

「比起前往指定區域，他更討厭接觸一年級。而且他也避開會有老師在的課題，以及二年級生與三年級生。從這裡可以推測，他極討厭引人注目，為了避免這些事，他甚至不惜受罰。」

「就算是為了了解行為模式，我們的小組還是沒必要被抓住。」

「不是還有更重要的意義嗎？因為這樣就能釣到打算保護綾小路學長的組別。」

八神聽見這句話後，顯得很吃驚。

「我們該避免的，是在驅逐綾小路學長的途中受到阻礙。而除了宇都宮同學之外，有能力驅逐綾小路學長的強者，就只有寶泉同學——」

八神總算明白椿的目的，並打算搜尋寶泉的ＧＰＳ。

可是，到處都看不見他的身影。

「只用眼睛看得到的情報並不能代表一切……是這麼回事嗎？」

椿結束說明後，就暫時揮開多餘的雜念。

「最後再讓我問一件事。假如寶泉同學不接受這次的任務，這個作戰就不會成立嗎？」

「嗯——或許會有點不一樣吧。正確說來，我確定寶泉同學一定會加入作戰，所以才決定執行這項作戰。畢竟他原本似乎就幹勁滿滿地打算自己戰鬥嘛。萬一他這樣也不接受，也只需要讓宇都宮同學過去就好。反正我只需要把一對一的環境安排到完美，接下來不論輸贏如何，只要他們兩個能互毆就萬事解決了。」

單獨行動的綾小路就會不得不退出。

6

在學生之中體格也特別魁梧的男人，氣勢洶洶地穿越森林。

他的目標只有一個，就是打倒二年D班的綾小路清隆。

在這場無人島考試上，不對，在一般常識中，暴力行為並不是值得推崇的事。

可是這座無人島和布滿監視器的學校不一樣，沒有人監視。

根本不可能憑一支戴在身上的手錶確認具體的事實。

椿櫻子提議展開綾小路的包圍網。

這男人打從一開始就對這種事沒興趣，但他有參與作戰的理由。

要在廣大的無人島上找出一個人並不容易。

要實現這件事，就需要反覆搜尋ＧＰＳ，而且要是有人來妨礙他，這件事就會化為泡影。

假如有人負責指揮，那麼在排除這種礙事傢伙上也會派上用場。

寶泉就是這麼想，所以才決定假裝服從椿的指示。

為的是輕鬆找出綾小路，在沒有任何人的阻礙下，一對一地幹掉他。

寶泉在只離綾小路沒多遠的地方丟掉對講機。

這代表他接下來不會服從椿。

他拿出自己的平板搜尋ＧＰＳ，執行最後的一手。

在距離眼前大約三百公尺處，他確認到綾小路清隆的ＧＰＳ。

寶泉比其他一年級生都更靠近他。

剩下一小段距離。

寶泉早就開始在細細品味可以認真互毆的喜悅。

可是——

有個ＧＰＳ反應阻擋在寶泉眼前，彷彿要擋住他的這條路線。

這單純只是偶然——寶泉這麼想，也沒打算確認對方是誰。

他在視野前方成功找到綾小路。

「找到你嘍，綾小路學長！」

綾小路察覺到抑制不住興奮而喊叫的寶泉，於是回過頭。

「是寶泉啊。」

綾小路冷靜地盯著寶泉，同時停下腳步。

「我可是期待這一刻已久！」

「還以為你會在更早的階段過來見我。你比我想得還要冷靜耶。」

「畢竟互毆時，有人阻礙會很掃興嘛。」

「你在說什麼啊？」

「別裝糊塗了。我可是知道七瀨有去告密喔。那個溫柔的警告。」

「原來如此。你特地提早一天把襲擊的事告訴七瀨，好替我準備應對的時間嗎？」

「我原本認為這些都是令人不爽的小花招，但這對我來說也是很方便的提議哪。所以我決定要好好利用喔。」

寶泉用力緊握左右拳，雙拳互碰並大喊。

雙方不到十秒就會開始認真互毆——寶泉如此深信不疑。

「事情不會照你想得那樣進行喔，寶泉？」

「嗄？」

在這個理應被打造成一對一的場面上，有一名男人神出鬼沒地擋在他眼前。

「快滾吧，你很礙事。」

那名男人一副事先料到寶泉會出現，在這邊等著。

綾小路和那名男人簡單眼神交會後，就往森林深處消失蹤影。

寶泉想立刻追上，不過他很難無視眼前的男人。

「你這小子怎麼會在這裡啊——龍園？」

「這才是我要說的，寶泉。你來這種地方，應該沒有什麼事吧？」

龍園說出這句話，寶泉立刻理解情況。

「嗄？……哈，看來我在想的事情，已經不知在哪裡洩漏了。」

寶泉馬上就理解狀況，愉悅地笑著。

「也就是說，其他一年級被二年級逮到並不是偶然。」

椿所有派去圍捕綾小路的傢伙與二年級的GPS反映重疊在一起之後，就再也沒有動靜。

這一切證明：就像椿在控制一年級那樣，二年級也有人在操控整個學年。

「是你嗎？不對，感覺你不是這種人哪。」

假如是龍園在指揮，平板或對講機就不可或缺。

可是龍園乍看之下，好像沒有揹著背包。

況且在前線戰鬥的人物，應該很難指揮多個組別。

「整理完狀況了嗎？」

「我不懂哪。不管我要怎麼行動，應該都和你沒關係吧？」

儘管理解狀況，他依舊不明白龍園怎麼會變成阻止綾小路退學的一員。

「真是不巧，有關係呢。」

龍園露出淡淡笑容，開始慢慢走向寶泉。

「我這邊做出各種操作，經濟很拮据呢。我是按照自己的需求在當傭兵。」

「錢嗎？不過，你以為你阻止得了我嗎？」

「怎麼，你覺得我沒辦法阻止你嗎？」

距離極近。兩人在伸手可及的距離，對彼此拋出陰森的笑容。

先動手的是龍園。他的視線沒有從寶泉身上移開，緊握的左拳揮向寶泉。他們之間因為體格差異，導致力量與體力差異很明顯，所以龍園瞄準下巴攻擊。

「哎呀……你的左手可真調皮。」

雖說被搶先下手，已經進入備戰狀態的寶泉並沒有大意，他在胸前輕鬆接下龍園的左拳，然後笑了出來。

「別對我吐臭氣，猩猩。」

「你只有嘴巴厲害而已哪。你可要表現二年級的驕傲與實力，對吧！」

寶泉瞬間鬆開自己抓住的左拳，馬上重新抓住龍園的手臂拖了過來。

接著把自己的額頭捶向龍園的額頭。

「唔！」

龍園因為這一記劇烈的意外攻擊導致頭腦震盪，腳步踉蹌。

他累積的打架經驗絕對不算少。

倒不如說，比起普通的不良少年，他擁有更多上前線戰鬥的實績。

然而對照之下，寶泉那些經驗次數，更是超出他好幾倍。

「喝啊！」

龍園無法維持迴避的姿勢，腹部直接吃下寶泉的前踢。他猛然仰倒在地上，露出很大的破綻，但是寶泉大笑，沒有離開原地。

「吠得很有氣勢，根本還不到十秒吧？別逗我笑了。」

「哈……真是硬到不行的石頭哪。你裡面應該真的放了石頭吧，臭猩猩？」

龍園立刻站起身，再度出言挑釁寶泉。

寶泉聽見這些話，有點傻眼地輕搔後腦勺。

「我真的是過度期待了哪。憑你的話，果然連塞牙縫都不夠。」

「不過我不覺得會有你滿意的對手呢。」

「有啊，就是在你後面悠哉走路的綾小路。趕快讓我跟他打吧。」

「嗄？」

龍園聽見寶泉的話，一直掛著的笑容消失了。

「什麼啊，說得好像你也知道一樣，寶泉。」

「知道？啊～原來他真的表面裝作若無其事啊。」

「我以為很少人知道他的另一面，沒想到我們有這種共通之處哪。」

彷彿雙方都理解似的，重複著交談般的自言自語。

「我第一次對你產生興趣了喔，寶泉。你是什麼時候，又是在哪裡跟他打架的啊？最後結果怎麼樣？」

「所以你對綾小路也很執著啊，龍園？」

龍園繼續留在這間學校的最大理由，就是向綾小路復仇。

既然他有這個理由，不論是打架還是什麼事，他都不容許綾小路輸掉。

即使他眼前的寶泉是無法歸類在高中生範疇的打架專家也一樣。

寶泉感覺到混著殺意般的熱忱，於是哼了一聲。

「放心吧。我和那傢伙還沒分出勝負。不對，應該說根本還沒開始。」

他左右活動脖子讓骨頭發出聲音，同時靠近龍園。

「我以前可是沒見過有人可以若無其事地停下我的拳頭喔。不對，說到底，我以後應該也不可能見到就算被刀子刺中，也完全不會喊痛的傢伙了吧。」

刀子、被刺中——龍園腦中的記憶立刻因為這些單字被喚起。

他想起綾小路的手上有一陣子都纏著繃帶，還有他手上的那些傷痕。

「嘖，做這麼好玩的事，居然沒找我啊？」

儘管龍園吃下兩拳，他看著寶泉的眼神沒有絲毫改變。

寶泉看見這副毛骨悚然的模樣沒有加強戒心，甚至更加靠近龍園。

他打架時原本就不會抱著自傲或輕敵的想法，總是處於戰鬥狀態。

倘若眼前的敵人是國中時與他共享惡名的龍園，那就更是如此。

寶泉蹬地衝出，以他那龐大身軀難以想像的速度逼近龍園，接著彈開龍園打算護臉的防禦架勢，將拳頭往他臉上掄。

假如龍園沒有用手臂抵擋，寶泉揮來的攻擊即使導致鼻子斷了也不奇怪。

龍園站起沒多久，就再次被撂倒在地。

寶泉在剛才那一擊，確認到雙方在單挑的實力上有明顯的差距。

雖然龍園立刻撐起上半身，寶泉彷彿算準這個瞬間，往他臉上狠狠地踢一腳，使他猛然向後倒下。

「又是躺下又是起身，你真的忙到不行耶。」

戰鬥開始不到一分鐘，不論是誰都清楚看得出來勝負已分。

「很痛耶，你這傢伙……」

「哈哈！跟我想得一樣耶，龍園！你就只有這點程度啦！」

寶泉高興地大喊，但這種狀況也能說是龍園讓他這麼喊。

他們在打架的實力上，原本就有不可能逆轉的差距。

儘管如此，龍園的戰意好像完全沒有退讓。與寶泉打過架的對手，其中有八成是只要一擊就會屈服，一成是虛張聲勢，剩下的一成則會在吃下第二第三擊的時候陷入絕望。

可是，眼前的龍園即使負傷，也不見眼神中有任何變化。

正因如此，他為了讓龍園明白這段差距，打算利用這些話讓他屈服。

這種精神層面上的對話，是龍園更勝一籌。

「你看起來好像很開心，難道以為自己已經贏了嗎？」

雖然龍園覺得很痛，還是沒有垮下笑容，再次撐起上半身。

「別讓我笑掉大牙了，你這程度也想與我為敵嗎？」

寶泉逼近到龍園眼前，揪起他的衣襟。

「到頭來，你就只是個只能利用小嘍囉囂張的男人。」

「都這種時代了，單挑勝利不代表一切吧？實際上，我國中時和你的評價一樣呢。」

龍園試著提出事實令寶泉感到動搖。

「因為你好像都偷偷摸摸地四處逃竄，避免和我直接對決嘛。你這種努力還真讓人感動。」
雖然這些讓寶泉動搖的發言不是毫無意義，卻沒有足以讓他受傷的效果。
寶泉仍舊在互毆上占壓倒性的優勢。
這時，被寶泉抓著的龍園大幅揮動左手。
接著在寶泉身邊張手，把握著的泥土扔向他的眼睛。
「唔！」
面對他出奇不意的攻擊，寶泉用另一隻空著的手擋下那些泥土。
「太天真了！」
「是這樣嗎！」
這次他更是揮出右手，把握著的沙土撒向寶泉。
「就說你太天真了啦！」
就連真正攻擊的右手丟出的沙子，寶泉也順利用手臂避開。
寶泉打從揪起倒在地上的龍園時，就發現他雙手緊握的拳頭。
「小嘍囉打架的手段，從以前就是這些了呢！」
這次寶泉像是要還以顏色，拳頭立刻揍向龍園的右臉。
這拳比起威力更重視速度，是如刺拳般的一擊。

接著從左側擊出，再換到右側，如此交替攻擊著。

這種攻擊很像拳擊手對沙包反覆出拳。

龍園儘管受到差點昏過去的猛擊，還是有一瞬間狠狠盯著寶泉的眼睛。寶泉看著被打飛倒下的龍園，自己的視野隨後也有一瞬間晃動。

「唔……噢。」

龍園即使被毆打，還是扭轉身體，在倒地前使出迴旋踢。

踢擊稍微擦過寶泉的下顎前端。不打算接下任何一擊的寶泉因此感到焦躁，於是靠近龍園，用左手揪起他的瀏海。

「你報了一箭之仇，滿意了嗎？嗄？我要宰了你！」

他在龍園舉起手臂防禦前，用右拳反覆毆打腹部。

「沒有人在打架上贏得過我！」

擊出第七拳後，龍園的手錶響起通知。

「哈哈哈！你雖然故作平靜，不過身體到達極限，發出悲鳴了喔？手錶好像比你還要更加坦率啊！」

檢測到心率等異常的手錶響起警告鈴。

「你真的就是猩猩耶……我同意你對打架很有自信……」

寶泉把這句讚美當作投降，露出勝利自滿的笑容，鬆開他的瀏海。龍園無法維持起身的狀態，直接倒地。

警告鈴空虛地在森林中作響。

「警告鈴開始嗶嗶叫了呢。意思是你也差不多快到極限了吧？你可以變得老實一點，不用隱瞞喔？」

「哈……開什麼玩笑。不就只是手錶壞掉了嗎？」

龍園把視線落在手錶上並笑著，但負傷慘重的這點不管由誰來看都顯而易見。

看見這副狼狽樣，寶泉感到一臉無趣地往腳邊吐口水。

「那就這樣啦，龍園。你不是能讓我享受的對手。」

「等一下。你幹嘛自作主張認為自己贏了？」

「嗄？」

「我有說自己輸給你嗎？」

雖然寶泉對於這句話傻眼到極點，他還是重新繃緊神經。儘管這似乎是單方面施暴的狀態，但龍園的眼神就如同他的發言一樣毫不退縮。

「我認同你這股意志力。不過啊……你不可能永遠撐下去！」

人是種怕痛的生物。

就算他逞強，受到寶泉那種釋放強大威力的拳擊，同樣會伴隨疼痛。

不過，問題是能夠扛下幾發。

再說就算能忍耐，也不可能推翻壓倒性的差距。

即使第二次的警告鈴響起，寶泉也不失冷靜地讓龍園感到痛苦。

受到寶泉無數次攻擊後，龍園的手錶終於轉為警報鈴。假如在這種狀態下放著超過五分鐘不管，教職員以及醫療小組就會趕至現場。

「身體可是很老實的喲。你也應該要接受這種絕望的狀況了吧？」

「啊～……這種發麻的痛感，真是舒服耶……」

然而他完全不看手錶，毛骨悚然地笑著站起身。

寶泉在這裡才終於了解到龍園不屈服的精神力，是貨真價實的。

「你是怎樣？明明站著就已經是極限了，為什麼這麼頑強？在這裡固執到底也不會有任何好處吧？」

他彷彿把尖銳的警報鈴當作鬧鐘似的，把它拿到耳邊聽著。

「固執到底？哈，你這種想法本身就是錯的喔。」

此時寶泉以為龍園會立刻關掉警報鈴。

結果他沒有關掉警報鈴，而是放下手臂，雙手插進口袋。

「勝負還沒結束。」

「你瘋了嗎？……假如你在這裡把老師們叫來，可是會退場喔？」

「那你就會超越退場的程度，直接被退學吧？」

龍園問：「倘若校方看見這個狀況會怎麼判決？」

儘管寶泉的下巴被稍微踢到，仍然等同於零外傷。

而且也無法無視校方解釋成單方面施暴的機率。

「你打不過，所以就想裝作受害者呀？真是丟臉耶。龍園，你這樣很丟臉喔。」

雖然視條件而定，龍園的立場也能取得逆轉，但寶泉不會因為這種程度就感到畏懼。

說到底，既然他決定靠暴力制伏綾小路，他早就已經過了會這麼想的階段。

「如果你怕老師，最好就在這裡收手吧？」

「胡說什麼。」

他判斷故意不關警報鈴是龍園的戰略，於是再次前進。

「我的GPS早就是關掉的狀態。在老師趕來之前幹掉你，就沒有任何問題了吧？」

就算校方趕來這個地方，至少也需要花上三十分鐘。

「呵呵，必須這樣才行呢。」

龍園很歡迎根本不怕威脅的寶泉，不打算把手抽出口袋。

「如果你根本沒打算保護自己，就快點躺下吧！」

寶泉表示不想繼續浪費時間，用力握緊右拳。

龍園從口袋抽出雙手，同樣再次緊握雙手。

「別以為耍小花招對我行得通！」

寶泉直覺推測龍園手裡握著什麼，完全沒有停下動作。

他為了粉粹龍園的精神，使出渾身的力量對龍園擊出右直拳。

龍園看見這個情況，正面接了下來，沒有張開緊握的雙拳。

縱然寶泉的手臂試圖撬開防禦，而後——

「喝啊啊啊！」

樹林的死角飛出兩道影子，抓住寶泉的背後。

「什麼——！」

也難怪寶泉會打從心底對於突然出現的氣息感到驚訝。

他幾分鐘前搜尋ＧＰＳ時，附近沒有綾小路與龍園之外的反應。

就算在戰鬥開始後直奔這裡，也實在無法抵達。

儘管如此，那兩個抓住寶泉左右手臂的男人，他們的存在幾乎就像幽靈一樣。

如果只有石崎還另當別論，但阿爾伯特擁有不遜於寶泉的身軀，要是被他飛撲，就算是那位

寶泉也沒辦法一直站穩。

寶泉慣用的右手臂由阿爾伯特負責，另一側的左手臂則由石崎負責壓制。

「喂！」

雖然寶泉拚命地大鬧，但就算是他，要澈底甩開兩位有一定體格的人並不容易。

下一個瞬間映入寶泉眼底的，是解除防禦且陰森地笑著的龍園。

「很簡單吧？破壞手錶就不會出現在ＧＰＳ上。」

龍園早就讓石崎和阿爾伯特的ＧＰＳ功能無效，讓他們與自己一起行動。

在寶泉深信這是單挑的時間點，龍園就知道寶泉落入自己的戰略。

「想不到你竟然打算三打一？嘎？」

「別這麼有精神地大吼大叫嘛，猩猩。我接下來才要開始處刑喔？」

他把那兩個重新握起的拳頭，毫不猶豫地反覆揍往寶泉的臉部。

即使寶泉的臉左右扭曲，龍園還是反覆地打到他跪下來為止。

寶泉不停地怒吼，忍著不要讓膝蓋發抖，但龍園沒有緩下任何攻擊，不斷痛毆他。

不久，寶泉就因為累積的傷害而屈膝倒地。

寶泉的頭下降到剛好的位置後，龍園就雙手按住他的頭，瞄準他的鼻子使出膝擊。

「嘎……！」

寶泉發出不成聲的聲響，第一次仰躺倒下。龍園用眼神示意兩人，於是他們就和站著時一樣壓制住各邊的手臂。

「猩猩就是必須一直戴著手銬呢。唉，你真是揍了我不少下耶，寶泉。」

龍園把瀏海往上撥起，跨在寶泉身上。

「竟敢瞧不起我……你這混帳！」

「瞧不起你？哈，你到底在說什麼啊？」

「在說你是根本無法和我單挑的臭嘍囉啦！」

「呵呵，別說笑了。我可沒有蠢到會和猩猩單挑喔。」

龍園這樣說著，笑著舉起拳頭。

接著毫不猶豫地強力揍上寶泉的臉頰。

「啊啊，對了。放心吧，寶泉。我不會要求你哭。因為你就算向我道歉賠罪，也改變不了任何事情。」

儘管寶泉是在毫無防備的狀態下被痛毆，不過他也沒有這麼不耐打，不會就這樣被打倒。倒不如說他還更加憤怒，大鬧個不停。阿爾伯特與石崎都拚命地壓制他。

「可惡！滾開，你們這些小嘍囉！」

「別亂動啊，我接下來才要開始烹調耶？我會把你澈底磨碎，就期待一下吧。」

他往下揮了兩三拳，但寶泉別說開始哭訴，還不停吼叫。

「你好像真的不太會打架耶。」

這證明寶泉不論肉體層面還是精神層面，都是藉由打架爬到現在的位置。

假如從一開始就打算三對一——

龍園判斷應該會是他們自己居於下風。

這也證明他多麼認同眼前名叫寶泉和臣的男人強大。

可是在戰場上，瞬間的判斷往往會決定勝負。

就像出一次拳或摔一跤會分出結果。

會因為一瞬間的大意與自傲導致情況逆轉。後來，龍園單方面地反覆執行私刑，縱然是寶泉的身體也漸漸喪失力氣。

「還真硬啊。我的手臂居然開始痛了。」

龍園笑著對發紅的拳頭哈氣。

「呼、呼……可惡……」

寶泉雖然想靠慣用的右手逃離阿爾伯特，可是敵不過對方。

「想不到你把這種人收為手下哪……真是想不到。」

寶泉瞪著單純比力氣來說，應該不會輸給自己的阿爾伯特。

「嘿，大塊頭……你怎麼會跟著龍園啊，嗄？」

就純粹的戰鬥力來說，阿爾伯特顯然擁有超越龍園的力量。

「唉，阿爾伯特的確是我只挑戰一兩次並且使出渾身解數，都無法戰勝的男人。」

「既然如此，這又是為什麼？」

「你不懂呢，寶泉。站在頂點的人，不是只有以怪力自豪喔。」

對於一直是單打獨鬥的寶泉而言，就算聽見這種說明也無法理解。

「呵呵。不過，阿爾伯特的情況，應該只是因為太為夥伴著想吧。」

他不喜歡非必要的打架，並判斷服從龍園會是統籌班級的最佳之策。

正因為如此，有時他也會毫不猶豫地協助執行殘忍的行動。雖然有時候按照指示行動會暫時傷害夥伴，但他相信最後都是為了同學好，所以決定跟隨龍園。他原本就是個不喜歡暴力，內心溫柔的男人。

「別以為你這樣就贏了，龍園！」

「對你來說，你應該不會接受自己以這種形式輸掉吧。不過對我而言，過程根本就無所謂。最後站著的就是贏家。」

龍園打從一開始就不抱有打架要單挑的美學，寶泉的挑釁對他來說沒有意義。倒不如說，龍園還把那當成輸家的悲痛慘叫，沉浸在愉悅之中。

「唔，可、可惡……！」

就算是寶泉，被打幾十下也會迎來身體的極限。縱然現在已經沒人壓制住他的雙手，他也很難打敗龍園。

「給我記住……就算你在這裡贏過我，下次見面我也會立刻宰了你。」

「我是不打算讓猩猩報仇啦……但要做的話，就高明一點。勝利可不是一件單純的事喔？倘若你因為痛毆我而導致退學，就是你輸了。」

「講什麼鬼話——！」

龍園猛然揮出的直拳打中寶泉的臉頰，使他暈了過去。

因為寶泉失去意識，這場架勝負已定，於是龍園慢慢站起身。

「呼——……這場架還真累。」

龍園擦掉拳頭沾上的血，同時仰望天空，讓疲勞隨著嘆息吐出。

「話說回來，他真是個不得了的傢伙耶……我還以為他真的是怪物。」

「和這種人正面互毆，才真的只是個蠢貨。」

阿爾伯特也點頭同意這句話。

「你們也辛苦了呢。」

龍園這麼慰勞，像是在說明這場戰鬥有多麼激烈。

「不、不會！我們只是支援而已！對吧，阿爾伯特！」

石崎和阿爾伯特都沒有明顯的大外傷。

龍園把這兩人捲入這場戰鬥時，就決定必須避免讓他們受傷。

一旦隨便增加傷患，這場架就不會只是單純的打架。

「你們差不多該走了。畢竟那些老師何時會來到這裡都不奇怪。」

龍園手錶的警報鈴響起後，已經過了一定的時間。

「那個，龍園同學你會怎麼樣……？」

「唉，畢竟是這種狀況，就算我說要繼續考試，學校也不會輕易允許吧。」

在寶泉倒下的同時，龍園受的傷也相當嚴重。

「我會直接和寶泉一起退場。」

「這樣沒關係嗎？」

「我已經把必要的東西都託付給葛城了。雖然這樣要進入前三名會變得很艱難吧。」

假如在這裡放著寶泉不管，他有可能又會前往綾小路身邊。

話雖如此，如果龍園這個讓他受傷的罪魁禍首消失無蹤又會是個問題。

龍園和寶泉在這裡單挑，然後一起退出考試。

他一開始就判斷這種方式會是唯一且最乾淨的收尾方式。

「……這樣還真是遺憾耶。」

龍園葛城組在昨天的階段拿下第五名，雖然機會渺茫，但還是有可能爬到更前面的排名。石崎對此感到懊悔。

「也不一定是這樣呢。」

龍園像是想起什麼似的微微笑了笑。

石崎和阿爾伯特不明白理由，兩人面面相覷。

「之後我會告訴你們，總之你們現在先走吧。」

為了讓石崎和阿爾伯特確實作為小組生還，他希望避免他們脫隊。

因此他們必須儘早更換手錶，並且與小組會合。

龍園在他們都跑向起點後，把昏過去的寶泉身體當作板凳般坐下。

7

「——謝謝你的報告，可以回去考試嘍。」

椿聽見對講機傳來的報告後，平靜地切斷通話。

「結果沒發揮效果嗎？」

八神看見她的臉色後，這麼判斷並詢問。

「我派人去查看寶泉同學可能接觸對方的地方，結果老師似乎剛好聚集過來，要把人帶回起點。聽說他和二年B班一個叫做龍園的人互毆，雙方都受到重傷。不過，綾小路學長一直持續移動，這點很奇怪。」

如果寶泉提出單挑，那麼他的GPS沒有當場停止移動很反常。

「雖然我對那個人的了解不深，意思就是他阻止了那位寶泉同學吧？」

無法接受的椿噘起嘴巴，思考這個作戰為何會失敗。

平板顯示綾小路的指定區域是C3與D2，她這方要包圍的話，這裡是很好安排的位置；不過這個加分因素可說同時會給對手帶來時間。

「把綾小路學長逼到退學的計畫不會就這樣結束吧？要確實拯救一年級生，就不得不打倒其他單人組。如果有後續計畫，還請妳告訴我。」

儘管八神這麼逼問，椿卻撇開視線興致缺缺地低語：

「繼續鋌而走險也沒有好處。畢竟即使在這裡勉強幫助掉下的組別，他們也遲早要面臨消失的命運。」

「……也就是說，妳要在這裡收手？」

「總覺得有點令人不爽耶。我的作戰或許一開始就注定不管用。」

「什麼意思？」

「懸賞金的事會順其自然地發展下去，綾小路學長的戒心又這麼強。重要的是，既然我無法信任一年級的夥伴，這個作戰就是在亂來。」

比起對於失敗感到消沉，椿更討厭不穩定的混亂。

「我很後悔，應該要獨力執行。」

那樣就可以做得更順利——她如此深感後悔。

她看著平板顯示的畫面後察覺到某件事。

「咦……？」

因為椿此時發現宇都宮消失了。

「怎麼了嗎？」

「宇都宮同學呢？」

她這麼說，八神也表現得一副察覺到宇都宮消失的模樣。

「我想他大概三十分鐘前都還在附近……」

那是椿還在與平板上看不見的敵人戰鬥的時候。

椿有股不安的感覺，叫出十分鐘前的地圖搜尋宇都宮的位置。

他在椿現今站著的地方往西南方大約四百公尺的地點。

「他在做什麼啊……」

他旁邊還有另一個GPS反應，名字顯示那個人是——二年A班的鬼頭隼。

椿看見那個名字的瞬間拿起對講機。

8

一個大塊頭男人在視線不良的森林裡奔跑。

那名彪形大漢的目的，是椿櫻子、八神拓也與宇都宮陸所在的露營地。

他收到坂柳的指示，要負責弄清楚這次指揮的人物是誰。

鬼頭奔跑著，在露營地映入眼簾時於視線前方發現人影。那個男人往鬼頭的方向看，彷彿不讓任何人通過一般站在那裡擋住去路。

雖然鬼頭對這個長相沒印象，馬上就理解對方不是自己人。他趁著還有一段距離想變更行進路線，但那個男人見狀也邁出步伐。

鬼頭因此清楚認知到對方是敵人，停下腳步走向那個男人。

「你有事要去這前面嗎？」

縱然對方是高年級生，宇都宮完全忘記使用敬語，並以較為嚴厲的語氣詢問。

「我記得你是二年A班的鬼頭隼……學長，是嗎？」

他冷靜地混雜敬語這麼提出問題。他原本就記得單人組的鬼頭，但鬼頭現在已經和其他小組合併，因此是個從清單上除名的人。

然而表現出自己一開始就知道對方的話，有可能會遭到懷疑，所以他假裝自己目前還沒有注意到。

「我在趕路。」

鬼頭重新打招呼，打算閃開宇都宮。

可是宇都宮前來抓住他的肩膀阻止他。

「……幹嘛？」

鬼頭對於這種行為感到煩躁並且瞪著他，但宇都宮只是眼神銳利地看回去。

「抱歉，我不打算讓你繼續通過這裡。」

「什麼？」

鬼頭疑惑地皺眉，宇都宮的拳頭逼近到他眼前。

他冷靜地避開那一拳，與他拉開距離。

「你想幹嘛？」

接著宇都宮向他逼近，抓住他的衣襟。

「我說過了吧？我不打算讓你繼續通過這裡。」

「你叫什麼名字？」

「我是一年C班的宇都宮陸。」

宇都宮。被坂柳命令調查的對象之一。

以宇都宮前來阻止他人前進這點看來，可以排除他是指揮官的可能性。

而宇都宮也察覺鬼頭過來是受到某人的指使。

「你是受誰命令過來這裡的？」

就算宇都宮打算問出名字，鬼頭也沒有要做出回答的樣子。

「就算你是高年級生，我也不打算輕饒。」

鬼頭聽到這句話，銳利的眼神一亮，接著將粗壯的手臂瞄準宇都宮的脖子根部。

宇都宮不疾不徐地拉開距離，順利逃開鬼頭的攻擊。可是他放在口袋裡的對講機，因為快速迴避的動作而落在鬼頭腳邊。

「糟了……！」

就算他想趕快靠近，由於鬼頭擺出架式，他無法貿然地撲過去。

雖然彼此持續僵直地互瞪了一陣子，但這份寂靜被其他事情打破。

『宇都宮同學？你在做什麼？』

滾落在鬼頭腳邊的對講機傳來椿的聲音。

「嘖……」

宇都宮咂嘴一聲，看向自己掉落的對講機。

『你不是應該遵照我的指示嗎？』

儘管椿覺得沒有回應很可疑，還是繼續這麼說。

宇都宮觀察可以撲上前的時機，不過鬼頭用單手示意他冷靜。

他撿起腳邊的對講機，輕輕拋向宇都宮。

「唔！你想做……什麼？」

宇都宮面對意想不到的行為，目瞪口呆地問。

「我的目的達成了。」

鬼頭認為不用繼續戰鬥，於是撿起行李折返。

意思就是說，鬼頭聽見對講機傳來椿的聲音，判斷她就是指揮官。

鬼頭的背影已經逐漸遠去，現在毫無防備。

『宇都宮同學，倘若你在聽，請你冷靜下來。現在在這裡和鬼頭學長戰鬥是一步壞棋。』

宇都宮不做回答、暫時凝視對講機的期間，鬼頭消失了蹤影。

「……是我。」

不久，宇都宮在獨處後回應對講機。

『你沒事嗎？鬼頭學長呢？』

「剛從我眼前離開。」

『為什麼要這樣擅自行動？搞不好宇都宮同學也會跟著一起退學喔？還是說，你是為了不讓二年級生靠近我這裡？』

「沒有，不是這樣……抱歉。是我自作主張的判斷。我覺得即使這次的作戰不順利，也沒必要眼睜睜給對手多餘的情報。我原本打算先阻止，不讓他們靠近妳那邊。」

『事情已經過了，怪你也沒用，但這都是你自己的想法嗎？』

宇都宮在短暫的沉默後說：

「呃……沒、沒錯。是我自作主張行動。」

大概是回應上傳達出動搖，椿在對講機的另一端沉默了一會兒。

『這樣啊。總而言之，如果能動的話，就回來吧。』

「知道了。」

宇都宮結束通話，將視線落在平板上。

之後他再度拿起對講機，變更密碼開始通話。

「我趕走二年級的礙事傢伙了。對方看穿椿是指揮官，應該就會滿足了。」

『真不愧是你呢，宇都宮同學。』

「所以，椿的計畫呢？」

『就如同你期望得那樣失敗嘍。雖然我覺得不用特地提早警告綾小路學長，這個老套的戰略也從一開始就不可能會成功。』

「我掛嘍。」

宇都宮小心謹慎地簡短回答，關上對講機的電源。

名為月城的男人

早上我在Ｅ３右側醒來，接著打算在平板上確認地圖。

昨天整天都在迴避一年級的進軍，結果沒踏入任何一個指定區域，一天就結束了。根據坂柳的聯絡，儘管她跟我報告一年級下午過後就馬上撤退了，但我還是刻意不前往指定區域，只有在逃亡路上參加課題，賺取最基本的得分。

昨天下午一點公布的隨機指定區域是Ｆ３，接下來下午三點是Ｇ３。

我打開地圖，細細瀏覽昨天下午一點搜尋ＧＰＳ時的圖像。那些四處追著我的一年級組別共有五組，外加消除ＧＰＳ接近我的寶泉，這樣應該就是所有人無誤。接著寶泉改成與龍園對決並分出勝負後，所有小組撤退繼續參加特別考試。而這點在後續的搜尋上也很顯而易見。

可是——在我和坂柳把注意力放在那些敵人身上時，原本幾個分散的一年級小組集結起來，搶先移動到指定區域。我會對這些組別起疑，是因為下午三點第四次指定區域Ｇ３公布時，他們同時往西移動並開始前往Ｆ４。這裡的道路很狹窄，一旦道路被守住就很難逃走，如果我要避開，就會被迫繞一大段遠路。

「避開危險以防萬一，相對地會對最後一天帶來重大的影響啊……」

迴避風險的結果——我目前連續無視六次，連續被懲罰四次，必須儘早解除目前的狀態。假如再被處罰三次，我就會再失去十八分。

我這裡顯示出的總得分是一百一十九分，避免退學的安全範圍離我還很遙遠。我選定的安全界限，大約是一百零五分左右。如果不小心低於這個分數，就算被退學也不奇怪。所以我硬是在半夜行動，暫時成功把昨天第四次的指定區域G3納入可以抵達的範圍。

由於現在看不見排名，我在最後一天必須一邊想像自己的排名一邊戰鬥，完全無法參考自己在第十二天晚上的名次。由於全校總共有一百五十七組，可能會以為沒問題，但實際上很多組別都完成合併。也就是說，應該可以認為組別數量已經大幅減少；最後一天當然也明顯會進一步出現執行救援的組別。

只要接近兩百分的組別救起後段組別，我就會在那個瞬間被超前。

我也不能無視最後一天分數兩倍帶來的影響。

意思就是說，我被一年級的戰略慢慢逼向退學之路。

雖然接下來有可能還是有一年級在等著我，但我已經沒辦法搜尋GPS了。

上午七點公布的指定區域是H3。因為其中有山脈，所以就算說得再好，這也很難說是個令人慶幸的位置，但唯有這點我無法預測，因此沒辦法。即使從這裡以最短距離過去，應該也會花費將近兩小時，不能再慢吞吞了。

想不到我會在這個大部分學生選擇挑戰分數兩倍課題的日子，被迫打一場不知能否踏入指定區域的危險戰鬥。白天排名說不定會掉得更多。

我整理完行李出發後，在對講機收到來自坂柳的聯絡。

『早安，綾小路同學。昨天各方面都辛苦了呢。』

「多虧有妳，真是幫了大忙。」

『懲罰還好嗎？你半夜好像移動了不少距離。』

我的行動好像透過GPS澈底洩漏給坂柳了。

「第一次的指定區域是H3，雖然沒有餘裕，但我覺得來得及。」

『H3嗎？』

坂柳好像有什麼想法，她饒富興致似的低聲說出我的指定區域。

我一邊移動，一邊繼續與坂柳交談。

『其實我有一個煩惱。一之瀨同學天亮就消失了人影。』

就最後一天發生的事件來講，這還真是個棘手的問題。

「消失了人影是什麼意思？意外嗎？」

『不是，感覺是自發性的行動。因為她這幾天的樣子都很奇怪。』

這麼說來，她之前說過這件事呢。

「可是妳為什麼要聯絡我？我覺得我沒有任何幫得上忙的地方。」

『其實為了知曉一之瀨同學的位置，我搜尋了ＧＰＳ，結果知道她和綾小路同學你一樣都待在Ｅ３。只不過，她是在完全相反、靠近Ｄ３的那一側。』

雖說是相同的區域，如果在相反的兩端，也算是有一定距離的狀況。

再說，我現在也已經踏入Ｆ３了。

「坂柳你們昨天最後一個指定區域是哪裡？」

『Ｄ５。一之瀨同學有抵達。』

她為什麼沒告訴任何人就開始在清晨行動，而且來到Ｅ３呢？

『我發現早上扣了一點。我和組員做過確認，但所有人都沒有搜尋過ＧＰＳ的痕跡。好像就是一之瀨同學使用的呢。雖然目前不清楚她要去Ｅ３，或是要去更遠的區域，但一般情況下應該會認為她要去見什麼人。』

「說得也是。如果她昨天有踏入第四次指定區域，清晨移動的理由也只會是這個了呢。」

『我有想過她該不會是為了見綾小路同學——』

「抱歉，我沒有頭緒。我在這場考試上一次都沒見過一之瀨。假如我等著的話，一之瀨說不定會來到Ｆ３這一側，但很遺憾，我也正在趕路。妳打算怎麼做？」

『我們該前往的第一個指定區域是E6。雖然要放棄抵達順序報酬，但也只能無視了呢。就算最壞的情況是她退出考試，如果是最後一天，這並不會出現太大的負面影響。』

雖然她這麼說，但坂柳組是珍貴的七人編制。他們盯準領獎臺，在第十二天結束的時間點獲得第四名這個絕佳的位置。在這裡缺少一之瀨應該是沉重的打擊。

換個角度看，意思就是一之瀨在重要的最後一天做出任性的行為。

對於比任何人更願意為了夥伴行動的一之瀨，這實在是難以想像、令人費解行為。

「妳也很辛苦呢。」

『意外時時都會發生喔。不過，就算放著她不管，特別考試也再過半天就會結束，因此我覺得沒問題。假如你找到她，先幫我問一下原因。』

坂柳表示繼續聊下去會妨礙我，就結束了通話。

「一之瀨要去哪裡呢……」

我在走路的同時把對講機收到背包裡，接著拿出平板。最後一天已經不必擔心充電，倘若還剩下百分之三十一的電量，應該沒問題。

畫面中展開的地圖上，有我自己該去的指定區域，以及散布於各處的課題。

截至目前的兩個星期，課題都會出現在整座無人島各處。

可是我發現只有最終日，島嶼北部編號1至3的區域完全沒有課題；反而有很多課題都集中

在中央，以及南方的編號5到10。假如進一步說明，就是課題大都位於A到E之間。如果這單純是因為今天是考試最後一天，要引導學生返回起點的話，那麼這個狀況就可以理解。趕快踩入指定區域並挑戰課題才是明智的選擇。

雖然我也出現過搜尋GPS並了解一之瀨位置的想法，但現在的我有退學的危機，必須為了儘量提高生存率而珍惜每一分。

1

今天顯示給我的第二次移動地點是I2，無人島東北方的盡頭。

由於我總算設法中止懲罰，這是我暫時可以放心前往的地點。

來到結束考試的下午三點後，基本上都要走回起點，但聽說視情況而定，也有巡邏船適時載回學生的方案。如果是這附近，巡邏船好像會在下午五點過來J6。

「都到最後階段了，指定區域還真是出現在不得了的地方……」

明明考試環境依舊將課題集中在島嶼南側，我的指定區域居然在最東北角。

我很想抱怨自己很明顯抽錯行程表，可是無可奈何。

如此看開點就可以比較輕鬆，但事到如今，我也開始感受到不安穩的氣息。

我今天從早上就沒有跟任何一個學生擦身而過，而且也完全沒看見別人。雖說島嶼很遼闊，但做基本移動的話，還是有很多機會看見其他學生的人影，或是聽見他們的交談聲。

當然，我也不是不知道自己昨天沒順利到達最後一個指定區域，所以碰不到和自己相同行程表的學生……

由此可見，很多學生們都已經南下到課題集中的南側了。

說不定踏入I2後，無視最後一個指定區域也是個辦法。

一條狹窄的河流將H3分隔開來。

由於無法橫渡河流抄捷徑，因此是個無論如何都會被迫繞路的麻煩地點。

幸好我只要沿著河流走就好了，所以不必擔心會迷路。我從容地沿著河流走向西南方，在抵達可以過河的地點後，就朝著東北方前進。我在碰到山脈前，應該只需要沿著河流走。就這樣，在我於河川另一側要前去H3中央附近時——

「綾小路同學——！」

我聽著河流聲走著路，遠方傳來呼喚我名字的聲音。聲音來自我剛才繞過來的河川北側。

渾身泥濘的一之瀨在那裡氣喘吁吁地盯著我。

「一之瀨……原來妳來到H3啦。」

根據坂柳所言，一之瀨應該在E3才對。

由於現在已經過十點，如果太陽是五點半左右開始升起，一之瀨就是步伐不間斷花了大約四小時半才來到這裡。而且是以相當快的速度。

「我……我是來見綾小路同學的！」

一之瀨儘管筋疲力竭、上氣不接下氣地，還是在河流對面這麼大喊。

「我現在過去你那邊！」

一之瀨說著，搖搖晃晃地沿著河川奔跑。

大概是因為沉重的背包很礙事，她直接扔在原地。

她的腳步實在很危險。憑藉已經到達極限的體力，一之瀨要來這裡應該很費力。我決定折回剛才來的那條路，趕緊與她會合。

我們沿著溪流跑了五分鐘左右，抵達會合的地點。

我也不能讓一之瀨勉強自己，所以就先過河前往北側。

「總……總算……總算追上了……等一下，我這就過去！」

她應該覺得追來這裡把我叫住，自己有責任吧。

她拚命地奮力踏步，一步步靠近我身邊。

一之瀨呼吸紊亂地來到我眼前，卻站不住而往前傾倒。

「唉呀！」

我抱住差點跌倒的一之瀨。

「對、對不起！咦、咦？為什麼？我的腳……不聽使喚……！」

她急著想要離開，可是膝蓋在發抖，好像無法好好站著。

「到底怎麼回事，一之瀨？」

一之瀨抬頭看我，拚命地整理狀況並開口說：

「我、我……有件事無論如何都要告訴綾小路同學……！」

「有事要告訴我？」

「我很煩惱、很煩惱，一直在煩惱……覺得必須保護朋友，保護同班同學……」

她到底在說什麼啊？雖然不清楚內容，但我很確定她非常拚命。

「可是，我還是很擔心綾小路同學……所以我無論如何都還是……！」

我和一之瀨在這場特別考試中沒什麼特別的交集。

意思是發生了某些意想不到的事。

她為了傳達這件事，花費超過四小時的時間拚命走來這裡。

「我、我……我的手錶壞了，所以，原本想回起點交換……當時，那裡有月城代理理事長和司馬老師這兩個人……！」

一之瀨呼吸尚未平穩，仍處在疲勞中，但又結結巴巴地開口。

雖然不知道是什麼時候的事，但她恐怕煩惱了好幾天。

「他、他們說如果你到最後一天都平安無事，就要讓你葬送在I2——」

「I2」與「葬送」這些詞彙。假如只聽見這些話，的確會覺得這些字眼相當危險。月城他們不小心被一之瀨聽見對話內容，好像是因為她的手錶故障，追蹤不到GPS的關係。

「要保護同學……也就是說妳受到月城的威脅了？」

一之瀨瞬間感到驚訝，一臉被我說中的樣子，但她馬上連連點頭。

「他說我如果把這件事告訴你……他就會讓我的同班同學退學……可是……可是我不管怎麼樣，都沒辦法放著你不管……！」

「妳要毫不在意地放生我才對。因為我可是妳的敵人。」

假如事情順利，就能讓綾小路這位學生退學——要是她可以想到這件事就好了。

一之瀨聽見這種話，激動地大力搖頭表示不願意。

「我做不到！綾小路同學……綾小路同學……不是我的敵人！」

一之瀨緊抓著我襯衫的胸口處。

「我認為是敵人就是了。」

「誰教……誰教綾小路同學對我來說——」

她用力抓著的手，再次把我的衣服抓得更緊。

「因為……因為我喜歡綾小路同學……！」

一之瀨自己應該也沒料到會說出這句話吧。

她說出這句話之後就摀著自己的嘴巴，撇開了視線。

「不、不對！剛才的……呃……我為什麼……咦、咦！」

她本人好像也無法理解，陷入恐慌反覆地搖頭。

「我剛才說了什麼嗎！」

自己說過話的記憶像是消失一樣，她開始慌張，覺得無法理解。

「我可以說嗎？妳剛才對我說了什麼話。」

「嗯、嗯……啊，不對，不行！還、還是別說，我想起來了！」

「——謝謝妳，一之瀨。」

「咦、咦、咦！」

我再次感謝一之瀨。

比起同學，比起為了取勝而組成的考試小組，她把我放在更前面。

我不會不把這份心意看在眼裡。

「妳沒有警告我的話，我還真不知道自己會怎麼樣。」

對我來說，這恐怕就是最大的分水嶺。

假如沒有在這裡遇見一之瀨，我就不會料到月城的存在，並且前往I2。月城有確實威脅並封鎖一之瀨的消息。可是，一之瀨還是像這樣站在我眼前。

然後不顧危險，把一切都告訴我。

「妳剛才對我說的話，是真的嗎？」

「那、那是……所以，呃……不是的。那個……那個呀……」

「不是的話，妳現在就否認吧。不然我會誤會。」

「……呃……誤會……這不是什麼誤會……」

一之瀨本來想要否認，卻還是死心，覺得已經無法搪塞。

「……我……喜歡你……」

她以快要消失不見的微小音量承認。

「我覺得自己大概也是剛才才發現這份心意……對、對不起。」

她根本不用道歉。

「老實說，我很意外妳會這麼想，有點嚇一跳。」

「對、對不起喔……你應該很討厭吧？」

「沒有這種事。只不過，我現在不能立刻回應妳的心意。」

「嗯……嗯。因為我配不上綾小路同學……」
「並不是這樣。我還有好幾件事必須解決，我覺得不能在這種狀態下答應或拒絕。」
再說，要在這裡告訴她惠的事情，唯有這點不得不避免。
即使她事後知道會感到受傷或埋怨我，但我們現在還在無人島考試。
既然時間還有剩，我就不該奪走她戰鬥的精力。
「或許妳無法接受，但這就是我目前能給妳的答案。」
「嗯……我知道了。」
一之瀨沒有不情願，也沒有顯得不滿地點頭回應。
「我接下來打算去I2。我在那裡有必須要做的事。」
「不、不可以！會很危險啊！」
「我不這麼做的話，妳就會連重要的同學都保護不了吧？」
正因為她本人也絞盡了腦汁，所以應該懂我的意思。
不難想像月城會知道，一之瀨接觸並告訴我情報這件事。
然而我似乎必須告訴月城——這不是絕境，而是起死回生。
「妳慢慢休息後，過去跟小組會合。好嗎？」
一之瀨把我的話聽了進去。我摸摸她的頭，接著決定前往I2。

2

Ｉ2與Ｉ3的邊界附近有岩壁，不遠處還有高於膝蓋的茂盛草木。

「先待在這附近吧。」

我卸下揹著的背包，把它藏到那片茂盛的草木中。

既然不知道接下來有什麼等著自己，背上的行李就只會礙事。包含平板在內，我決定全部放在這邊。只要可以回到沿海一帶，我應該可以不迷路地順利回到這片岩壁。

這就是一之瀨所說，月城準備拿來葬送我的地方嗎？

與我同一張行程表的組別們，恐怕都被指定了不一樣的指定區域。但我不想只為了確認，就現在搜尋並失去一分。

再說知道一之瀨牽涉其中，不去的選擇反而消失了。如果我在這裡選擇不去，月城就會毫不留情地對一之瀨的班級下手。我甚至無法澈底推測他會祭出多重的處罰來洩憤。

在我做好準備、邁步前往Ｉ2時——

「嗨，綾小路。真巧啊。」

拿著平板的南雲用富有興致的眼神看著我。

從我身處的狀態看來，不管誰待在附近的區域都很不自然。

想不到這男人除了懸賞金的事，也和月城的這件事有所關聯？

不對，對月城來說，學生會長之類的頭銜應該沒有太大的意義。

雖然好像沒必要把南雲與這件事做連結，但他會出現在這裡，我還是要有所警戒。

「南雲學生會長，你為什麼會在這種地方呢？」

縱然簡單地環顧四周，也沒有任何一位可能是南雲組員的學生。

「放心吧。這裡只有我和你。」

南雲大概使用了ＧＰＳ，他這麼說，打算讓我放下戒心。

「附近也沒有課題，你原本在哪裡呢？」

南雲出現的方位是東南角。

「我在Ｉ４的沙灘上玩喔。因為無人島生活也要結束了嘛。」

最後一天幾乎所有學生都在拚命賺取分數，他竟然在海邊玩。

「這就是王者的從容嗎？」

南雲笑了笑，沒有回答我的詢問。

「話說回來，我要把你剛才的話直接奉還給你，綾小路。你來這種沒有指定區域也沒有課題的地方幹嘛？你和帆波見面了嗎？」

我毫不訝異對話裡突然冒出她的名字。就算沒有親眼看見一之瀨的身影，倘若他搜尋了GPS，就極其明白我和一之瀨在很相近的位置吧。

「如果是的話，有問題嗎？」

「沒有喔？如果她現在也和你待在一起，我會有很多應該說的話；但你現在獨自出現在這裡。也就是說，你另有目的吧。接下來的I2有什麼東西嗎？」

我決定無視這個問題，南雲便轉移話題如此繼續說：

「無人島考試也要結束了吧？我只是打算和你小聊一下。畢竟我身為學生會長，在學校沒有什麼機會可以和你單獨站著聊天。」

「確實如此呢。」

我只是個待在陰暗處的學生。

另一方面，對方是哭泣的孩子都會噤口的學生會長，這應該不只是不相稱的程度。

可是，我不認為他來這裡單純是為了閒聊。

「你好像很清楚一年級們襲擊我的事呢。」

「你的洞察力似乎很不錯哪。」

只要讓我退學就會獲得兩千萬點懸賞金的事。

雖說主導這件事的人是月城，然而南雲涉入其中是無庸置疑的事實。

倘若是南雲這種水準的男人，不論他在哪天搜尋GPS觀察狀況也不足為奇。

假如他看到昨天我和一年級生的行動，襲擊的事情應該就很顯而易見。

南雲是與我同樣……不對，他在觀測這次特別考試的整體狀況這點，是超越我的存在。

就連他毫無困難地出現在這裡，不外乎是因為他掌握了我的行動。

「別怪我懸賞金的事情喔。這本來就不是我的提議。」

「是月城代理理事長吧。」

「既然你已經知道了，那就好溝通了。錢也全部由代理理事長支付，我只是把學生會長的名字借給他罷了。」

不論本人有沒有那種意思，假如是代理理事長的指示，南雲應該也無法反抗吧。

「倘若是代理理事長的命令，我可以理解你接受的原因。但如果是我認識的南雲學生會長，我覺得你應該會回絕這種事。」

「出現懸賞金這件事時，如果是你以外的學生，我就不會接受了吧。不過被指名的不是別人，而是你。畢竟你是唯一受到堀北學長認可的男人呢。」

南雲果然透過我在看著背後的堀北學。

「回答我，綾小路。你接下來打算做什麼？」

我可以隨意回答他：「我是個不值一提的人，你別放在心上。」

然而南雲大概不會善罷甘休。

既然不知道今後有什麼在等著我，我很想把握時間。

「這和南雲學生會長無關。你應該不要管我這種人，而是專注在最後的特別考試上吧？你和高圓寺之間的分數差距應該非常接近。如果不回去，就連抵達順序報酬都拿不到，也無法繼續參加部分的課題喔。」

意思就是說，這樣會留下被逆轉的可能性。

「別擔心。這個最後一天，我會完美地壓制高圓寺。」

南雲這麼說完，就從後面的口袋取出對講機。

即使和組員分開行動，他也只要做出指示就夠了嗎？

「我雖然也很好奇你要去做什麼，但既然你無法回答，我就換個問題。讓我看看你是不是真的擁有足以讓堀北學長期待的實力吧。讓我見識你認真的模樣。」

他來到這裡最大的理由就是這個嗎？

「你不會是叫我在這裡和學生會長互毆吧？」

「我不討厭互毆，但就我來說，我偏好更正經的戰鬥方式。這場無人島考試就算結束了，也還有跨年級戰鬥的機會，我會在那裡和你一較高下。」

學生會長親自指名了嗎……

「你在這次的無人島考試應該也了解到了吧？我和學生會長的實力可是十分懸殊喔。」

實際上，南雲在這場考試一直安定地維持在第一名與第二名。

儘管勢均力敵的高圓寺應該還有機會逆轉，然而這絕對會是場很嚴苛的戰鬥。

「你是一個人，我這邊則有七個人，可以一決勝負才奇怪吧？」

「高圓寺不就足以匹敵了嗎？雖然他是個怪人，但無庸置疑是個強者。相比之下，我就沒有進到前十名呢。」

如果要找強敵，我催他選高圓寺就好。

「唉，他確實超越我的想像。因為他在這場考試上，是唯一讓我使出進攻手段的人。」

縱然他有點認同高圓寺，還是傻眼地聳肩。

所謂的攻擊手段，應該是指南雲剛才在使用的對講機。

「畢竟利用全體三年級生搶先拿下抵達順序報酬和獨占課題，是只有學生會長才辦得到的絕技嘛。」

有別於一二年級，三年級幾乎所有組別都在南雲的支配之下。

當他想要確實地封鎖高圓寺時，只要動員所有三年級就可以確實地封住。

不管高圓寺再怎麼有體力、跑得快以及擅長通過課題，都沒有用。

他布下的組別會把一切連根拔除。

最終高圓寺能得到的，只有基本移動的抵達加分。

這段時間，南雲他們只要累積抵達加分，分數差距就會拉開。

「你果然還是識破了這件事呢。你是什麼時候發現的？」

「在海灘搶旗的階段就覺得可疑了。因為桐山副會長他們刻意不填滿空缺的名額。那是為了你而留下的空位。」

可是因為我率先抵達，所以就無可奈何地讓有空的成員入場了。

也就是說，南雲悠哉地玩耍，等待桐山他們的課題結束。

「我以為你和桐山副會長敵對，但總覺得不是這樣耶。」

「那傢伙如果是為了要讓自己從A班畢業，就算不喜歡我，還是會跟我合作。」

「超出常理的高圓寺就另當別論，普通學生可是會束手無策。」

對於我這麼回答，南雲笑了出來，好像覺得哪裡很好笑。

「這不是你的真心話吧？你完全不認為我是厲害的人。」

「沒有這種——」

我打算否認，但南雲出手阻止我。

「你應該會覺得我只是動員所有三年級，藉著強大的力量獲勝吧，可是這樣不對喔。我現在就讓你見識我的超能力。」

「超能力嗎？」

「我要猜你第十二天結束時的排名喔。」

公開的組別只有前十名與後十名。只要從一百五十七組中刪除其中二十組，而且不計算合併的組別，那麼就是一百三十七組。當然，知道我自己的正確排名的，只有我自己。

在換日之前的最終階段，我的排名是第十六名。

「你的名次……是第十一名吧？」

南雲充滿自信地如此回答，但是排名有些差距。

可是，我無法笑著說他猜錯。因為我反覆搜尋ＧＰＳ以防一年級的襲擊，假如沒有這些多餘的分數消耗，我非常有可能是第十一名。

但就規則來說，不可能掌握所有組別的排名。

也就是說，南雲會如此咬定有一定的根據。

「結果有點不對嗎？但應該有進到十五十六名左右吧？」

「是呀。老實說你讓我很佩服。」

南雲在我老實承認後說了句「我想也是」，就這樣冷靜地接受這件事實。

「我剛才說超能力是在開玩笑。我只是推測，倘若你真的隱藏了實力，排名就只會在這附近

而已。」

看來南雲這個男人，好像遠比我想得更加優秀。

「你為了不引人注目，保持在稍微低於第十名的排名，而且是可以隨時超前的前段位置吧？你認為我和高圓寺互扯後腿，結果導致排名掉下來的話，你也可以看準時機逆轉。」

我為了避免引人注意，在第十二天結束前都打算暗地行動。

當前幾名在最後階段開始疲勞、賺取分數的速度下滑時，視情況而定，我原本會一舉累積分數，然後登上領獎臺。不對，是我以為自己還有這種可能。

「注意到了嗎？這打從一開始就不可能。」

南雲從最一開始，就讓我決定的戰略無效了。

「第十名一直都是三年級的黑永吧？是我讓他維持在第十名的。為了封殺別人在看不見的地方賺取分數試圖逆轉的情況。」

第十名和第九名的分數正不斷拉開的同時，我要盯準前幾名會變得日益艱難。

也就是說，這些全都按照南雲的計畫進行。

強制排除看不見的敵人，鎖定看得見的敵人。

「我一直都在懷疑你有沒有實力，但這下子就很清楚了。你已經獲得被我擊潰的權利，就高興一下吧。」

「你在最後一天特地指揮小組鎖定高圓寺，也是作戰的一環嗎？」

「只要我想賺取分數，不管是四百分還是五百分都賺得到。不過這樣多少會有點問題，而且也很沒意思吧？所以我就給了二年級和一年級有可能勝利的希望。再說，如果在勢均力敵的戰鬥上輸掉，搞不好能看見那個高圓寺不甘心的表情。」

南雲這兩個星期作為最強組別，一路從容地戰鬥至今。

接著在最後一天打敗高圓寺讓自己變成第一名，藉此誇示存在感嗎？

假如南雲認真起來，他就能知道所有特定組別的得分。因為有無取得抵達順序報酬，還是課題的結果如何，這些都可以透過GPS搜尋以及夥伴的眼睛知曉。即使現在是得分不明的最後一天，南雲毫無疑問都有辦法正確地掌握高圓寺擁有的分數。

也就是說，他甚至可以上演一分險勝的戲劇性勝利。

「不過，高圓寺的事情已經怎麼樣都無所謂了。我在這間學校裡最後一件要做的事，就是打敗你，綾小路。」

南雲總是不斷追尋堀北學的影子，並打算從我身上找尋他的身影。

即使是以不同的形式，他大概也很想把我打得體無完膚，與他分出高下。

「很不巧，二年D班的領袖是堀北。就算有特別考試須與三年級相互競爭，也不會是我和你進行戰鬥。」

「既然如此，我就只能強行讓你登上舞臺了吧？包括懸賞金的事在內。」

意思是他會不惜把這部分的情況全部公開嗎？

「不好意思，我要趕路。下次再聊這件事情的後續。」

「你以為自己能輕易逃走嗎？在你說要和我決勝負之前，我可都不打算離開喔？」

南雲好像打算跟著我，從我背後追了過來。

假如接下來有什麼東西在等著我，我就會把南雲捲進來。對手是月城，最壞的情況南雲可能會失去自己建立的一切，在權力的名義之下被退學。

即使在這裡靠嘴巴說服，南雲也不會答應吧。

當然，我也不能說謊，隨隨便便地答應他。

我停下腳步，同時回過頭。

「你有和我較勁的意願了嗎──」

南雲有所誤會而面露欣喜，我則沒有預兆地往他胸口用力一推。

他應該完全沒想過學弟會動手，因此沒有任何抵抗地一屁股跌在地上。原本拿著的平板和口袋裡的對講機都散落在地。

「什──」

他一副不理解自己身上發生了什麼事。

在他意會過來之前，我要完成必要的事。

「南雲學生會長，別看我這樣，我認為自己很欣賞你。你擁有和堀北學生會長不同的能力，漂亮地站在這間學校的頂點。實際上，你在這場考試裡不只輕鬆維持在前幾名，說是澈底支配也不為過。」

我在他還沒想起自己要冷靜以及憤怒之前繼續說：

「只不過，還是有你不該踏入的領域，請你在這裡收手。」

「啥……別開玩笑了，綾小路。你打算命令我嗎？」

「就是因為你這位學長有我值得尊敬的地方，所以我不打算在這裡手下留情。」

「嗄？你以為你是誰——」

我傾注所有殺意看著南雲的眼睛。

「唔……！」

「我叫你收手，你聽不懂嗎？」

南雲彷彿否認自己被我灌輸恐懼感一般，強而有力地站起。

「你也該適可而止吧？你可是第一個這麼小看我的人喔，綾小路……」

此時，掉落在南雲身旁的對講機傳來聯絡。

『成功了喔，南雲。這樣就連續三次堵住高圓寺的課題了。請做出接下來的指示。』

對講機傳來某個三年級的聲音，聽起來很高興。
封鎖高圓寺的戰略好像進行得很順利。
南雲瞪著我，完全不想對那個聲音做任何反應。
『喂，南雲。你不指示的話，上面的人就不會行動。倘若要讓高圓寺確實掉下第一名，不是需要在考試結束前不斷進攻嗎？』
「不接也沒關係嗎？」
即使只聽到這些對話內容，也透露出這件事對南雲來說很重要。
南雲就這樣默默拿著對講機，把電源轉到ＯＦＦ。
「因為對我來說重要的不是高圓寺喔。」
南雲完全不打算拍掉身上的泥土，往我靠過來。
「我要與你對決，澈底擊潰你。這就是我這個學生會長最後的工作。」
這是種堅持嗎？他鼓舞身為學生會長的自己，一甩我散發的威嚇感。
「我————！」
我果敢地向南雲的心窩出拳。
「綾小……路！」
南雲瞬間無法呼吸，暫時失去意識當場倒地。

我接住南雲，讓他靠在太陽曬不到的大樹旁。

既然他聽不進我這些笨拙的忠告，我就只能這麼做了吧。

南雲的手錶好像偵測到異常，於是發出警告鈴，響了五秒鐘。

離他醒來應該不會耗費多久的時間。

大概需要二十分鐘或三十分鐘。

總而言之，這樣就不會把南雲捲入接下來的事。儘管在無人島考試結束後，當然無法避免會有其他問題浮現，不過那些事情現在都只是小事。

因為我不解決月城這個該去應對的問題，就沒辦法開啟未來的路。

3

最後一天的上午十點過後，我——堀北鈴音在I4與I3的邊界北上前往I2。特別考試終於只剩最後一天，我在這天竭盡最後的力氣。幸好直到昨天晚上十二點前，二年D班都沒有名列倒數十名。

處在退學範圍的倒數五名，全都是三年級的組別。

但我無法澈底放心。只要這五組在最後關頭和其他組別聯手，得分勢必就會有所提升，因此名次恐怕無法避免與勉強待在第六名和第七名的組別調換。最極端的情況，假如倒數十名全都和前幾名合作，那麼所有組別都有可能脫離後段排名。

平板顯示我的指定區域是Ｉ７，與我前往的Ｉ２完全相反。

無視該去的指定區域，可以認為是魯莽的行為。至於我為什麼會做出這種事，答案就在我右手握著的一張紙條上。我今天早上在帳篷裡醒來時，發現這張被折得小小、藏起來的東西。

試著攤開紙張後，發現上面不規則地寫著四個詞彙──「正午」、「Ｋ・Ａ」、「退學」，以及「Ｉ２」。

我起初看見這個，聯想到兩件事。

一個是寫出這些文字的人，字非常漂亮，我都想拿來當作範本了。

另一個是紙與筆並不在免費的配給品當中。

「筆記本和筆是幾點呀……」

我隱約記得無人島的手冊上有寫，但我判斷沒有價值，所以沒記住詳細的價格。雖然如果平板沒電或突然故障，或許可能需要做筆記。總之，某個想法特殊的人購買了筆記本與便條紙，並把這個有點像暗號的東西送了過來。

「不對，說是暗號未免太簡單了呢。」

Ｉ２是指無人島的區域，正午是時間。對方是最後一天送來便條紙，因此表示在今天的第十四天，這裡會發生某些事。假如說是單純的惡作劇，那就會到此為止。不過，剩下的兩個詞彙就不是這樣了。

「退學」以及「Ｋ・Ａ」。先不談前面的退學，問題是這個Ｋ・Ａ。

即使是其他學生看見這張便條紙，也一定會搞不懂意思。

我看見這個的瞬間就明白了。這是綾小路清隆（Ayanokouji Kiyotaka）的名字縮寫。

「如果照字面思考含意，就是綾小路同學會在今天正中午在Ｉ２退學……」

我原本以為這是胡扯。

所以今天早上的指定區域公布時，原本打算無視。

然而綾小路同學的ＧＰＳ在Ｅ３，讓我有點擔心。

可是，如果他隨著時間而靠近Ｉ２，或許就不能視為單純的玩笑。

我這樣想，隔了一段時間後決定試著搜尋ＧＰＳ。如果這是有人為了讓我浪費一分而設下的陷阱，那我就中計了。

結果——綾小路正從Ｆ３穿越到Ｇ３持續前進。

假如他就這樣前往Ｉ２……

我心裡的這種預感逐漸增強，為了確認這件事下定決心北上。

他身上掛著懸賞金，也有一定的機率是在暗示這件事。

雖然到正午之前還有時間，不過綾小路同學現在走到哪裡了呢？

當然也有可能是純粹的偶然，他已經前往其他區域的可能性。

縱然我心裡湧現想要搜尋ＧＰＳ的想法，還是在這裡強忍下來。倘若是我的得分，要進入前百分之五十可說是綽綽有餘。但要是我接下來放棄指定區域或課題，甚至還用上搜尋，這點就無法確定了。反正不管怎麼樣都會白跑一趟，我還是前往Ｉ２比較好。

「啊！終於追上了！等一下，堀北！」

當我視野前方開闊起來、差不多要看見河川時，背後傳來這樣的聲音。

「……妳為什麼會在這裡？」

伊吹同學現身，上氣不接下氣地往我瞪過來。

由於感覺不是偶然出現，她似乎是特地搜尋ＧＰＳ追過來的呢。

「分數，讓我看妳的分數。」

「等一下，妳到底在說什麼啊？」

突然出現，還叫我這個敵人讓她看分數，這行動讓人難以理解。

「我說過了吧？說我在這場考試上不會輸給妳。」

她強勢地把食指伸到我的眼前。

「現在沒必要確認。妳等不到考試結束嗎？」

「特別考試結束並不保證會公布所有組別的得分吧？」

「確實或許是這樣呢。因為重要的是前段和後段的組別。」

不保證所有學生都能立刻瀏覽為數眾多的組別排名。

當然，也有可能理所當然地公布所有名次就是了。

「所以，讓我現在在這裡確認。」

意思是說她想分出個高下，看最後一天誰蒐集的得分比較多吧。

「這個發言太愚蠢，蠢得讓人難以置信……但妳特地來到這裡，就表示妳是認真的呢。妳搜尋了幾次ＧＰＳ？」

「……三次。妳就在附近，所以我覺得機會只有現在。」

離得越遠，就會越難遇見心裡想著的對象。

也就是說伊吹同學用了多達三次ＧＰＳ搜尋來到這裡。

「真是辛苦妳了呢。」

「我不需要這種慰勞，把妳的分數告訴吧。我是一百三十一分！」

她強制宣布自己的分數，表情彷彿在說：「怎麼樣？」

「我明明沒有問妳，還是謝謝妳告訴我。但我有兩件事想說。首先，不能保證妳說的就是真正的分數。」

「啥？那麼給妳看就可以了吧？」

我阻止打算從背包拿出平板的伊吹。

「再者，就算妳公布真正的分數，我也不會告訴妳。」

「啥？這算什麼？妳也要跟那傢伙講一樣的話嗎？」

那傢伙……？雖然有點好奇，但我還是繼續說：

「雖說同為二年級生，但我們依然互為敵人。我不想冒險公開情報。」

我不認為目前我會名列倒數十名。

可是，分數直到最後一刻都會變動。

就算是最後一天，因為將情報透漏給伊吹同學而被趁虛而入的可能性也並不是零。

「我知道了。妳是聽見我的分數，所以害怕了吧？妳輸了吧？」

「即使關於輸贏，我也不打算回答。」

儘管我反覆說明自己不打算提供任何情報，伊吹同學還是插嘴說：

「妳要不要就老實承認啊？說妳的分數贏不過我。」

「就當作是這樣，回去考試吧。」

我心想既然這麼做伊吹就會滿足，那我就配合她。

「……真火大。給我看妳真正的分數啦。」

「我都屈服了，妳還不願意接受嗎？」

「因為我想知道真正的分數啊。搞不好我是以很大的差距贏過妳。」

「真無聊呢……」

「因為這對我而言很重要啦。」

「不好意思，我要趕路。」

「妳想逃跑嗎？」

「我正在前往指定區域，把這解釋成逃跑還真奇怪呢。」

我為了趕往I2而開始走路。

伊吹同學好像把這當作逃跑，從後面追了過來。

「妳是因為北邊有指定區域？還是單純在追我？」

「我現在想知道的是妳的分數。知道這點之後，我就會回去指定區域。」

她無論到哪裡，都會死纏爛打地只在意我一個人呢。

老實說，我可不想在這裡莫名其妙地被她困住。

我只因為一張紙就被耍得團團轉了，現在不想浪費時間。

「……是我輸了。」

「唔，妳承認了嗎？意思是妳終於認輸了吧？」

「不是。我是說我輸給妳那類似執念的想法。我收集到的分數是一百四十五分。雖然妳的位置令人感到遺憾，但這場對決是我贏了。」

我公開原本應該隱瞞的情報。

這就是我宣告敗北的理由。

「贏過我？妳說妳贏過我，那就讓我看證據啊，證據。」

事情當然會變成這樣吧。

不過，我已經不打算停下腳步。

我想儘早前往I2確認他的安危。

「——我知道了。」

我要有效率地……不對，雖然我不覺得這是個正確答案。

被伊吹同學知道我在考試最後一天持有的得分，應該不會造成嚴重的影響。現在是分秒必爭的狀態。

我卸下背包，把手伸向裡面外側夾層的平板。

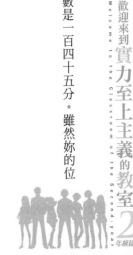

伊吹同學就這樣保持嚴肅的表情，等著看我到底拿到幾分。

在我把平板拿到手邊打算按下電源鍵時，我和伊吹同學幾乎同時察覺前方傳來毫不掩飾的強烈氣場，於是抬起頭。

「找～到了！」

彷彿小孩子見到玩伴時的天真無邪聲音。

「妳好，堀北學姊！」

伊吹同學看見不知何時出現的女學生後，完全不遮掩地表現不滿。

「……妳誰啊？」

「我是一年A班的天澤一夏喲。」

雖然也有可能是碰巧出現在相同的地點，但總覺得情況很奇怪呢。

我維持警戒，就這樣拿著平板面向天澤同學。

一年級那件懸賞金的事，外加今天早上紙條上寫的內容——該不會就是她？

「別在意我，妳們可以繼續聊喲～？」

「不行。因為我們正在聊各種私事。」

伊吹同學也十分明白我非常不希望說出分數。她應該也可以理解我不想在這裡讓她看見平板的得分分個輸贏。

我認為自己已經委婉地催促天澤同學離開，她卻一動也不動。

伊吹同學看到她那副模樣好像很不耐煩，於是煩躁地說：

「妳很礙事耶。」

「須藤學長過得好嗎，堀北學姊？」

「啥？無視我？」

天澤同學不可能沒聽見伊吹的提問，卻無視了伊吹。她好像沒有立刻離開的打算，而是卸下揹著的背包，然後活動肩膀。

「……嗯。對於妳救了他那件事，我很感謝妳。」

她微微地笑著，絲毫沒有任何向我謝罪的樣子。

她認為針對綾小路同學的態度和應對，不該向我道歉嗎？

還是說，就大前提來說，她根本就不覺得抱歉？

「我不是說妳很礙事嗎？是我先找她的，妳去其他地方啦。」

「先找她？伊吹學姊不也是不請自來嗎～？」

簡直就像一開始就在聆聽我們的對話。

說不定真的就是這樣。

「就算這樣也不關妳的事吧？給我滾。」

伊吹的語氣逐漸強硬起來，從「礙事」變成「給我滾」。

再這樣下去，如果是伊吹同學，她或許真的會動手。

天澤同學即使聽見這種威脅，也只是覺得很有意思地笑了笑。

「妳有什麼目的，天澤同學？」

我先暫時放著伊吹同學不管，把注意力轉移到天澤同學身上。

雖然不想繼續撥出多餘的時間，但是沒辦法。

「嘖！」

伊吹同學對此感到煩躁，但還是一臉沒辦法的樣子等著我。

「我想問一件事，堀北學姊接下來要去哪裡呢？」

「剛才我在和伊吹同學站著聊天，但聊完後馬上就要去F3了。」

這當然是謊言。我打算放棄自己的指定區域。

可是把這種事告訴天澤同學沒有好處。

她勾結其他一年級生，盯上綾小路同學的懸賞金，並且計劃讓他退學。

在有關綾小路同學的事情上，不要多嘴會比較保險。

儘管這是我如此思考後做出的判斷，但我馬上就發現這是錯的。

「妳是個騙子呢～堀北學姊。堀北學姊的指定區域應該不是這裡吧？」

「妳這句話是什麼意思呢？妳想靠奇怪的手段讓我中計嗎？」

「即使蒙混也沒用喲。堀北學姊原本該去的指定區域是I7，不是嗎？」

天澤同學立刻答出的指定區域，正是我接下來該前往的地點。

看來不單是偶然猜到。

從她的表情看來，只能認為她一開始就打算套話，所以來找碴。

「我們二年級有自己的戰鬥方式，不是什麼都能說實話實說。」

我這麼回覆完後，立刻繼續說：

「對打算陷害綾小路同學的人抱持戒心，也是必然的行為吧？」

我在這邊流暢地切換話題的走向。

一年級生是敵人，所以我根本不必顯得愧疚。

「哦……唉，或許吧。」

縱然她嘴上這麼說，但感覺完全沒有把我的話聽進去。

她的態度像是早已有了結論，讓人有種心不在焉的感覺。

「堀北學姊打算去哪裡呢？難道……該不會是I2吧？」

我的這個想法好像不小心在負面意義上一語成讖。

「妳識破了很多事呢。不過，我是今天早上才決定要去I2。妳的觀察力還真好呢？」

就算搜尋GPS精準地觀察我的位置，要像這樣搶先抵達應該也不容易。

既然如此，就該當作天澤同學也和今天這張紙條有所關聯。

在我猶豫要不要質問這件事時，伊吹同學就出面說：

「欸，妳到底要沒完沒了地講到什麼時候啊？」

我的心情也一樣很煩躁。

既然要抽空給伊吹同學，這樣下去我就會被迫應對天澤同學。

「伊吹同學。」

我做好洩漏情報的覺悟，決定打開平板讓伊吹同學看得分的畫面。我拿到擴充三位小組成員的資訊，無論如何都會順便被她看見；但因為我直到最後階段都可以不使用，所以幾乎不會有實際損害。

對她來說，組別最大名額的部分根本就無所謂。

伊吹同學看見得分的瞬間，就輕輕咂嘴。

接著用力搔頭，大聲說出自己的煩躁。

「啥啊啊?真假?啥啊?糟透了。」

對於她至今兩星期的努力，這是有點殘酷的答案。

話雖如此，我覺得伊吹同學也很努力了。

學業成績較差的她累積到足以與我競爭的得分，回頭看的話，結果已經夠好了呢。

「妳要是滿意了，就去指定區域吧。最後這一天的得分會是兩倍，妳還有機會逆轉。」

「這樣說是沒錯……可是妳打算放棄指定區域是怎麼回事？」

她好像很在意天澤同學剛才說的話，於是這樣問我。

「這是個機會，伊吹同學。我因為一些原因，現在無法賺取得分。」

我用眼神告訴她——不用從頭說明一切，妳應該也能理解吧？

「比賽確實到這場無人島考試結束。倘若妳說要停下腳步，那我只要毫不客氣地逆轉。」

雖然伊吹同學感到傻眼，姑且還是接受我的說法，轉身邁步而出。

這樣我就暫時成功和伊吹同學分開了。

我把平板收到背包裡，同時全心應對天澤同學。

「我接下來要去I２，妳又要怎麼做？」

「妳為什麼要放棄指定區域，過去無關的I２呢？那裡連課題都沒有，這不是特別考試中該做的事吧？」

「這點妳最清楚吧？」

「怎麼說？」

「別裝傻了。妳在我睡覺時把這張紙丟進我的帳篷裡，妳的目的是什麼？」

我把折起來的小紙張夾在左手的中指與食指間，拿出來給她看。

「……紙？可以的話，我能看一下嗎？」

真像是演技拙劣的鬧劇呢。無妨，反正我也不需要這張紙條了。
我把這張紙還給感覺是原物主的天澤同學。
她將其收下，打開紙張確認內容。
「不規則列出的文字……『正午』、『K・A』、『退學』與『I2』。」
她讀著內容並唸出來，接著暫時閉上雙眼。
「真是的……到底有多喜歡玩遊戲呀……」
「遊戲？妳把我和綾小路同學捲進來到底想做什麼？」
「這個我不知道耶。因為我似乎也和學姊妳一樣，只是其中一位參加者。」
「別糊弄我了。妳出現在我眼前，就證明妳是這張紙的主人喔。」
天澤同學有點傷腦筋地笑出聲，把那張紙撕碎並扔掉。
她撕了七八次，將紙張撕個粉碎之後丟了它。
「原來妳看見這四個字詞，感受到某些不安穩的氣息嗎？」
「綾小路說不定會退學——要這樣解讀一點也不費勁喔。」
「哦？」
她的語氣像是比我更能掌握情況。
總而言之，繼續陪她玩文字遊戲是在浪費時間。

我重新揹起背包，往她的方向走去。

「真令人不爽呢～明明一點都不了解綾小路學長，因為是同班同學，就假裝自己是他的夥伴，我覺得這有點～問題喲。」

我與天澤同學並肩時，她說出這種話。

「堀北學姊應該對於綾小路學長一無所知吧？」

我對這句話有點不高興，於是停下腳步。

「既然這樣，妳是說妳比我更了解他嗎？」

我只是把視線看向她，她就硬是與我對上眼，一副大獲全勝的模樣，揚揚得意地笑了笑。

「當然，我非～常了解綾小路學長喲。他為什麼會那麼帥氣、那麼聰明……而且比任何人都還要強。」

難以想像剛入學的一年級生會這麼了解綾小路同學。

也就是說，他們從國中以前就認識？

就像我和櫛田同學是同一所國中那樣？

天澤同學不在意地繼續說：

「所以，堀北學姊又了解他的什麼呢？」

了解他的什麼？

他……綾小路同學是我入學這間學校後第一次交到的……朋友。

沒錯，應該也姑且可以說是朋友。

由於座位偶然在隔壁，變得會聊起各種事……

我一開始以為他是普通學生，但他其實遠比我想像得還要聰明。

也很快就得到哥哥的認可，而且精通格鬥技。

可是他平常都隱藏這樣的自己，是希望度過平靜校園生活的人。

儘管對他實力層面有所了解的人目前還很少，除此之外，或許我和其他人握有的情報並沒有太大的差距。

「是呀，我對他的確一無所知也不一定，這我無法否認。」

重新思考綾小路同學的事之後，無論如何都會得出這種結論。

說不定天澤同學很清楚這件事。

她開心地笑著回應這番像是敗北宣言的話。

「不過——」

「不過？」

重要的肯定不是這裡。

我認為現在重要的不是自己有多麼了解他。

「從現在到畢業為止的期間，我都希望自己繼續了解他。我會以同學的身分……以朋友的身分，遠比現在的妳還要更加了解他。」

這就是我現在的願望，也是毫無虛假的想法。

我被他背叛也不是一次兩次的事了。

可是他對班上來說是個不可或缺的人，是不能失去的重要夥伴。

假如現在那樣的他處境危險，我就必須趕過去。

這就是我不惜放棄指定區域，也打算過去的理由。

現在，我再次理解自己打算做的事。

我覺得這個選擇絕對不是錯的。

假如僅止於杞人憂天，那麼就再好不過。

「妳認為自己派得上用場嗎？就憑堀北學姊妳這種貨色。」

「或許現在的實力還不夠吧。不過，我打算成為可以在他困擾時派上用場的人物喔。」

因為在這間學校的生活才剛迎來後半段。

這段對話看似浪費時間，或許有其重大的意義。

我得感謝她讓我察覺這件事呢。

天澤同學張開右手，擋在打算邁步向前的我面前。

我再次看向她的表情，她的笑容已經消失，懷著強烈的殺意看著我。

「與妳交談，我了解到一件事喲。實際上Ｉ２會發生某些事情吧。否則妳根本不用拚命地把我留住。」

我不能繼續在這裡浪費時間。

「妳要去哪裡？」

「照這個走向，妳還不懂嗎？我要去Ｉ２幫助綾小路同學。」

我剛才說過要成為可以在他困擾時幫上忙的人，而這就是為此的第一步。

「別逗我笑了。綾小路學長怎麼可能向妳這種人求助？」

她彷彿要我修正自己的話語般這麼說。

「至少目前是這樣吧。」

「妳是指未來就不會是這樣？」

我點頭，同時一度回頭。

「除此之外，我還知道了另一件事。妳是真心不想讓我去Ｉ２。換句話說，妳不是這張紙的原持有人。」

我打算避開她的右手，天澤同學就再度擋在我面前。

「我不會讓妳去喲，堀北學姊。」

「妳越是阻止我，我就越該去Ｉ２。就妳的語氣看來，他現在應該已經陷入困境了吧？」

對於了解多少狀況都無所謂。

我只確定現在綾小路同學身邊很明顯正在發生某些事。

「妳覺得自己去得了？」

「是呀，我覺得自己可以過去。」

即使要強行除掉擋在眼前的障礙。

「哦～妳的決心強烈地傳達出來了喲。我就等妳放下行李的這點時間吧。」

意思就是說，即使要靠蠻力，她也要阻止我。

我大概最好別想成是單純的口頭威脅。

我把這些話乖乖聽進去，慢慢把背包卸到腳邊。

「我先說，我可是姑且有習武的經驗喔。」

「我知道。」

「……這樣啊。消息還真靈通呢。」

不只綾小路同學，她似乎連我的事都很清楚。

「我也要先說，我超強。所以妳最好有這種心理準備喲。」

我從她表現憤怒時開始，就深深感受到她不是尋常女生。

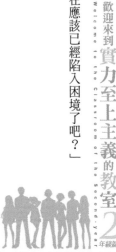

這一定不是隨便說說吧。

我身上當然累積了無人島考試的疲勞。

然而在我眼前的天澤同學也一樣。

身體狀況上也沒有問題，所以就狀態來說是不相上下。

既然如此，我也不能輕易地輸掉。

我慢慢地擺好架式，觀察眼前天澤同學的行動。

她沒有做出特定姿勢，只對我露出毛骨悚然的表情。

「既然妳說要去見綾小路學長，那麼為了阻止妳，我就稍微玩玩吧。」

我眼前的天澤同學踏出左腳——

「唔！」

我澈底保持警戒，但看見她開始動作後，馬上感覺到危險，整個人往後跳逃離她。她伸出的手臂並沒有什麼力氣，她打算抓住我嗎？

總之，我原以為閃避了第一道攻擊，等意識到的時候，下一秒自己的胸口與右手臂的衣服就被她抓住。

「騙——」

在我低語這種不成語言的字詞時，視線開始打轉。

我的背後閃過強烈的痛楚後，這才理解到自己被過肩摔的事實。
「得一分～開玩笑的啦。」
「咳哈！」
我無法呼吸，痛苦地吐了一口氣。
「不行喲，妳可不能大意。好，我會讓妳重新擺好架式，站起來、站起來。」
天澤同學俯視我，對我邪惡地投來笑容。
應該不用再次說明這是多麼讓人感到羞辱的一件事吧。
只要接觸過一次就會充分明白，天澤同學的實力相當有水準。
既然同為女性，我以為就算實力有差距，也只會差一點點。
腦筋、機智、靈感與運氣，只要有其中一項要素，就有可能逆轉。
但這個想法可能很天真。
總而言之，我後背的傷並沒有輕微到可以一笑置之。
幸好腳下是土壤，但我還是需要一段時間恢復損傷。
既然對方有自信自己占有絕對的優勢，我就要最大化地利用這點。我決定在起身的階段花費幾十秒的時間。
「我會等妳，放心吧。妳要休息五分鐘還是十分鐘都沒關係。」

「如果妳的目的是不要讓我去綾小路同學身邊，那麼妳確實會這麼做呢。」

「可以不戰鬥就解決是最好的吧？從堀北學姊的立場看來也是。」

她說得一點也沒錯。我至今都是以不拖泥帶水的方式持續進行無人島考試，居然在最後的階段不小心打起架。

搞不好我會退出考試，獨自一人受到退學處分。

「……再一次。」

背後的疼痛消除後，我再次擺好架式。

和剛才一樣的架式。

我只是有習武的經驗，並不擅長充滿野性的打架。

只能按照所學知識，發揮出自己掌握到的實力。

儘管我很驚訝天澤同學的動作如此快，但如果她的戰鬥方式擅長柔道，我也有一些想法。有一次空手道的代課師父仔細地教導我，男生在推倒女生並揪住自己時該怎麼做。

我在腦中回想這件事，同時再次實踐。

雖然我本來就沒有手下留情的餘裕，但如果對手是天澤同學，這更是不必要的擔心。

我拋開對方年紀比我小的想法，把心情切換到在和比自己強的人戰鬥。

「哈哈哈！」

我不是留意天澤同學的表情，而是著眼於雙腳與雙肩的細微變化，接著她好像覺得很有趣而笑出聲。

「嗯嗯嗯，我懂，堀北學姊。我很懂妳的想法喲。不過呀～」

我不會奉陪她的文字遊戲。

現在我集中所有精神，識破她的起始動作——

我不敢眨眼地算準時機，嘗試配合她踏出的右腳；她高速逼近的左腳直擊略高於我側腹的地方，這點我依然在衝擊與疼痛後才感受到。

「唔！」

我感受到痛得快昏過去且幾乎快哭出來的痛楚，被踹飛在地上。

我的手臂根本無法防禦，能做的只有護身跌倒。我在地面滾了兩三圈，為了理解為何會變成這樣而陷入混亂。

「妳以為我是以柔道為主，對吧？想法真單純耶～」

「嗚、嗚嗚！……唔……！」

我忍不住按著被踹的右側腹一帶，同時閉上雙眼。

我對於這樣的劇痛，內心有一瞬間差點就要投降。

這下子我就是第二次體驗到絕望般的強大了。

自從與寶泉同學對峙的那時候以來……呢。

這也是近期的事情。接連發生的話，我在各方面好像都快要失去自信了。

「今年的一年級生都是些不可愛的學生呢……」

「意思是說，去年的堀北學姊就和我不一樣，是個討人喜歡的小孩？」

我覺得這個問題是以刁難為前提，但她這番回應真的很刺耳。

即使類型本身不一樣，但不可愛的程度我也不遑多讓吧。

我雙腳出力打算起身，身體就突然有股無力感席捲而來。

因為過肩摔與一發踢擊，我比想像中消耗了更多體力。

「妳到底是什麼人？雖然妳好像認識以前的綾小路同學……」

我確定的一件事，就是這位天澤同學也和他一樣擁有奇怪的強大力量。

綾小路同學在面對哥哥與寶泉同學時，都展現出自己一小部分的強大力量。

「我怎麼可能告訴學姊這種事呢？」

「說得也是呢。妳好像也不是那種會輕易回答的人。」

不管怎麼說，對方能陪我玩，就是少數的好情報了。

她只是不讓我過去綾小路同學身邊，所以我要花多久時間都無所謂。但為了繼續前進，我必須儘量避免自己受傷。

「該怎麼說，我各方面都很失望呢。妳並沒有自己想得那麼優秀喔？就是因為這樣，綾小路學長才不會找妳商量任何事喲。」

天澤同學的眼眸看著我，彷彿在窺視我的內心。

「妳說想要幫助他，其實只是想知道他是怎麼看待不被信任的自己。」

「……可能是吧。」

「我剛才也說過，憑堀北學姊這種貨色，無法受到綾小路學長信賴。」

「即使如此，我也要聽他親口告訴我，而不是由妳說出口。」

「這就是不解風情，妳不懂嗎？」

天澤同學完全不打算掩飾焦躁，靠近到我身邊。

「櫛田學姊還比較有看頭喲。」

「櫛田同學？這裡為什麼會冒出櫛田同學的名字……？」

「站起來，堀北學姊。和學姊說話只會讓人覺得不耐煩，所以我要劃下句點。」

她像是在展現最基本的慈悲，延長時間讓我重新擺好姿勢。

既然如此，對我來說就不到最後都不能放棄戰鬥了呢。

我站起來把所有注意力集中在識破天澤同學的攻擊。

雖然會重蹈覆轍，既然我只能這麼做，就無可奈何。

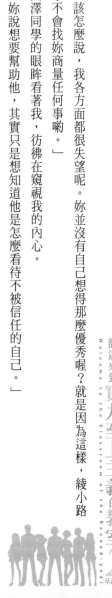

「掰掰～」

天澤同學腳步輕盈地逼近我。

要接下來？還是要閃開？不論怎麼做都一定不會成功。

既然這樣，我至少要報一箭之仇——！

「啪」的一聲，我耳朵旁響起拳頭清脆的聲響。

可是痛楚沒有傳來，我眼前出現一道影子遮蔽視線。

「妳為什麼……」

這名學生抓住逼近我眼前的拳頭，沒有看向我，毫不客氣地說。

這嬌小的背影是應該已經離開的伊吹同學。

「真痛……妳打這什麼拳呀？」

「接得好～妳意外地登場，我有點驚訝呢。」

我無法理解狀況且動彈不得，伊吹同學便轉頭瞪我。

「要打倒妳的人是我。我不想看到妳輸給這種名不見經傳的一年級生。」

她說完甩開自己抓著的拳頭。天澤同學再次與我們拉開距離。

「我是天澤一夏～請妳記住我的名字喲，伊吹學姊～！」

「我記性不好。想讓我記住的話，能讓我留下足夠的印象嗎？」

「哈哈哈，好像有點有意思。」

「我來跟這傢伙玩，妳去妳想去的地方吧。」

「妳在說什麼啊？為了贏過我，妳在這場特別考試不是一直很努力嗎？」

「妳還不是放棄了指定區域？我就算在這種情況下逆轉也沒有意義。」

妳就為了這種事情回來嗎？——我吞下這句話。

「她強得讓人難以置信，說不定妳會後悔。這樣也無所謂嗎？」

「什麼意思？妳想說我會輸嗎？」

「她就是那麼強的對手喔。」

「我可不打算輸給伊吹學姊這種貨色～」

「……哈，好樣的。」

粗劣的威脅好像造成反效果，不小心惹毛了伊吹同學。

「就算妳成功贏過天澤同學，中途打得太激烈造成警報鈴響起，也有可能會退出考試——會出現妳單獨一人退學的危險。」

「這點妳也一樣吧？」

「咦？嗯，是啊。」

「我有自信比妳更強。」

她說著就做出驅趕的手勢，要我趕快離開。

「誰要跟我打？快點決定喲～」

「我來跟她打。」

「剛才快要輸掉的傢伙還有資格說這種話？妳很礙事，快點退下。」

「這是我的戰鬥，和妳沒有關係。」

「妳說的話根本亂七八糟喔？妳是不是腦袋撞到，變得不正常了啊？」

「這——」

不行，半吊子的說服沒辦法阻止伊吹同學，但我也不能在這裡把這件事交給她。

我硬是抓住伊吹同學的肩膀讓她退到後面。

「妳幹嘛啦！」

「雖然我一直都說得很含蓄，但我就直說了——憑妳贏不了她。」

「別開玩笑了。不要在我打之前就單方面認定。」

「這是事實。連我都束手無策，所以妳不可能打得贏。」

既然她都發火了，那我就要澈底燃起伊吹同學的怒火。

「那我就要在妳眼前證明——」

我對伊吹同學伸出左手臂。

「幹嘛？」

「我不想輸。倘若妳要介入這場戰鬥，那妳也要展現相應的覺悟。妳來跟我同一組。假如有一方無法再戰，那就脫離戰鬥，我們唯一需要的就是防止組別退場。」

「妳在開玩笑吧？為什麼我要和妳這種人！」

「所以我不是說了嗎？這件事需要覺悟。妳沒有覺悟，就不要介入這場戰鬥。」

「真不爽……」

「不爽也無所謂。不過妳要參加的話，我就會想要依靠妳。」

「真是糟糕透頂耶。可是妳被一年級搞到退學就不好玩了。」

我很清楚我們彼此的想法互相牴觸。

可是，我們的手錶還是在相疊的位置停下。

連結所需的時間為十秒。

天澤同學想要阻止的話應該也能阻止，但她好像沒有要行動的意思。

天澤同學總是從遠處觀察我們的行為來當作消遣。

「這應該是個不錯的作戰方式呢。只要單獨的人組成一組，就算有一人受重傷，也可以確實地避開退學的風險。」

天澤同學背對我們，靜靜地與我們保持距離。

她應該不是因為狀況變成二打一，感到危險而退下。

她在相隔一定距離的地方停下腳步，回頭看向我們。

「但妳有一個失算喲，堀北學姊。」

「失算？妳究竟在說什麼呢？」

「一個人退場也沒關係，反過來說，就是我就算不小心毀掉一個人也沒問題呢。」

她綻放出至今不曾展現過、宛如純粹邪惡的燦爛笑容。

「惹妳不開心啦？這樣正合我意。」

伊吹應該切身感受到對手的強大，可是又好像有點高興。

這時，連結完畢的信號聲響起。

「從哪一個開始破壞好——呢！」

天澤同學助跑後就一口氣飛奔，表情顯得很激動。

她沒有擺出任何架式，像是單純要揪住人一樣，往我們這邊伸出手。

「哈哈哈！哈哈哈哈哈哈！」

她高聲笑著，看起來既扭曲又異於常人。

目標會是我，還是伊吹同學？

依她看來，我應該是個可恨的對象，但最好別認為我因此被盯上的機率比較高。

「要上嘍，伊吹同學！妳往左側！」

「不要命令我！」

伊吹同學儘管這麼說，還是往左側開始移動。

我也同時往右側移動，確認來到我們身邊的天澤同學的目標。

天澤同學筆直朝我們過來，似乎絲毫無意耍小花招。

她打算到最後一刻，都要讓人無法做出判斷嗎？

既然如此，我也只需要好好辨別。

距離轉眼間就因為雙方開始行動而縮短，接著碰撞在一起。

我的拳頭和伊吹同學的動作步調不可能一致，因此攻擊時機自然而然地交錯開來。

可是這並不代表無法得以輕鬆應對。

然而，天澤同學簡直就像在做什麼熟悉的訓練，俐落地迴避。

我們為了讓她吃下連擊持續進攻，絲毫沒有停手。

「好，暫停～」

天澤同學若無其事地接招，並中斷我們完全沒有放水的攻擊。

「這個一年級是怎樣啊……！」

「就是說啊……」

我們肩並肩，上氣不接下氣地盯著眼前的天澤同學。

雖然我們這個臨時雙人組很不搭調，即使如此依然是二對一。

通常的話，壓制對手是理所當然的，結果卻是我們這方被壓制。

這比想像中更加……不對，這已經超越了想像的範疇。

在我擁有的常識結構上，她看起來是無法識別的存在。

我們的慣用手遭到束搏。即使想要在這裡隨便使出踢擊，感覺好像也會被反擊。

「伊吹同學，別隨便出手。」

「放開我啦！」

伊吹同學好像受不了被束搏的狀態，她盡可能地彎曲柔軟的身體，同時使出踢擊。天澤同學彷彿在等待這一刻，她抓住伊吹同學的慣用手，瓦解她的架式。

「唔！」

「我不是說了要暫停嗎？」

這個瞬間，我在被壓制的戰局上感受到難以形容的異樣感。

力量差距分明——意思是天澤同學在和我們玩？

她從剛才開始，看起來就是以最小限度的動作在戰鬥。

倘若她在我們剛才單挑戰鬥時，也不是在等我恢復的話呢？
可是這個答案說不通。
因為她強到這種程度，應該可以輕鬆壓制我們才對。
我想到一個想嘗試的戰略。
總而言之，我們必須暫時脫離這個狀況。
「喝！」
我抱著失敗的打算往她的身體探出左拳，卻像伊吹同學那樣被輕易揮開。
「來，重整架式嘍～」
天澤同學俯視我們微笑後，再次與我們拉開距離。
「妳自己還不是變得跟我一樣。」
「我和妳不一樣，我是自己想變成這樣才動手的……是為了重整架式。」
「居然找藉口，真是有夠難看。」
只要看到目前的狀況，任何人都會對我們兩人指指點點吧。
「妳瞧不起人的話，我就讓妳見識我的厲害……」
伊吹同學站起來，就像是她一個人也要動手。我抓住她的手臂阻止她。
「妳幹嘛啦？」

「既然變成同組的夥伴，就要聽從我的指示。妳做得到吧？」

「啥啊啊？我怎麼可能做得到啊？」

「妳不這麼做就沒意義了。妳應該十分清楚眼前的天澤同學有多強，只憑妳或我，都沒辦法戰勝。」

「就算是這樣，要我服從妳的指示我絕對不幹。」

我在思考。

思考如何與伊吹同學相處是最適當的答案。

假如現在綾小路同學在這個場面上與我處境相同，他會怎麼做呢？

就算只有這個場面也好，為了讓原本合不來的兩人攜手合作，該怎麼做才好？

「伊吹同學。」

「我不是說我不要嗎？」

「我很清楚妳和我水火不容。一年前無人島上的小糾紛，導致我們變成現在的關係，但唯有一個部分我認同妳。」

沒錯，毫不遲疑地做出現在需要做的事。

「妳在格鬥上的判斷力不會比我差。不對，我認為妳還稍微超越我。」

「啥，幹嘛突然這麼說？想靠這個吹捧我嗎？」

「可是，妳的戰鬥方式專門用於單挑，二對一還是我比較熟悉。我使用『合作』這個字，或許對妳來說並不對。把妳的強大力量借給我吧。」

伊吹同學聽見這句話，稍微瞥了我一眼。

「妳比我更強，但也不過是這樣，其他方面的水準簡直和我天差地遠。妳不擅長讀書，也統籌不了班級，又沒辦法與人合作。雖然很不好意思，但妳這樣就要自稱是我的勁敵，要自我陶醉也該有個限度。」

只要惹她生氣就會到此為止，但我不會中途停下這些話語。

「妳也差不多該有所突破了吧，伊吹澪同學。」

「……這算什麼嘛。」

「假如妳照現在這樣孤獨地往前衝，一定會在某個地方碰上退學的危機。」

「變成那樣又沒什麼差。」

「那也意味著，妳將會體無完膚地完全敗給我，可以吧？」

「啥？」

「妳在半吊子的地方退學，就不能說自己是我的競爭對手。」

「妳要成長為可以威脅我的勁敵，直到最後一刻都不要放棄。」

「啊～知道了啦。我知道了，閉嘴。」

「我只會在這裡聽妳的話，這樣可以吧？」

「這樣就很好了。」

「所以我該做什麼？」

「就像剛才一樣，同時對天澤同學發動攻擊。可是命中是其次，我希望妳去周旋，絕對不要被她抓到。還有，我也希望妳可以持續不斷攻擊。」

「命中是其次？做這種事有什麼用啊？」

「如果我預測得正確……這樣子一定會出現勝算。我發出信號後，妳就全力攻擊。」

縱然伊吹同學不是很能接受，還是離開了我。

「作戰時間結束了嗎？那麼該開始第二回合了吧？」

我們同時飛奔而出，分成左右兩邊接近天澤同學。

為了不被抓到，嚴禁太接近她。

在拳頭好像可以碰到的距離，算準時機出拳。

當然，只要天澤同學沒有任何應對，攻擊就會命中。所以，就她的角度看來，任何攻擊都會在一定程度上損耗精力，會需要不斷應對。

不能著急，保持冷靜。而且如果感覺到危險，就迅速拉開距離。

雖然一個人的話大概沒辦法完全逃開，但就是因為她的注意力目前被分散至兩個方向，這個作戰才會有用。

還不能……還不能露出破綻。

必須在我們開始喘之前，快點、快點——！

因為我們持續危險的進攻，天澤同學流暢的動作開始變得遲鈍。

儘管表情本身依然帶著笑容，但她很明顯開始喘了。

「——就是現在！」

我為了不錯過千載難逢的機會，全力朝天澤同學揮出右拳。

她直到剛才都能從容地單手阻止我們，現在卻擺出防禦架勢。

雖然我的拳頭被防禦住，沒有直擊她的身體，但伊吹同學繞到她背後，蹬地後把拳頭打向天澤同學轉過去打算對付伊吹同學的那張臉。

天澤同學的身體因為初次命中的攻擊而搖晃。

「喝啊啊啊啊！」

她大幅度彎腰，無法擺出防禦姿勢，我對她的腹部擊出正拳。

天澤同學吐了口氣之後倒下。

我在這個瞬間跨坐到她身上，為了讓她無法起身，使她無法動彈。

「痛……剛才的攻擊發揮效果嘍……」

「唔，呼……呼……到此為止了，天澤同學……儘管我承認妳很強，不過沒有體力是妳的致命傷。」

我戳中她這個讓人意外到不行的弱點，成功設法逆轉情勢。

「哈哈，穿幫啦？我的體質很虛弱呢。」

儘管天澤同學被拿下，依然不慌不忙地稍微吐舌，笑了出來。

我無意間看見天澤同學的體育服，然後懷疑自己的眼睛。

她體育服底下的肌膚稍微露了出來。

我忍不住抓著她的體育服，強行拉到肚臍之上。

「妳這些傷，是怎麼回事啊……」

嚴重瘀青的傷痕。看得見受到多次打擊的痕跡。

這像是懲罰般的傷痕，與我只命中的一擊正拳完全不一樣。

這是她在開始戰鬥前受到的傷。

「我在和學姊們打架前，剛稍微打過一場架呢。」

這種程度的傷痕原本應該會讓表情痛苦扭曲，甚至會對行走造成阻礙才對。

她卻以這種遍體鱗傷的狀態面對我們，而且以優勢周旋於戰鬥中。

她不是沒有體力。

而是一開始就一直在瀕死狀態下戰鬥。

她在比我更需要回復的狀態下戰鬥呢……

面對這個真相，我都快要昏倒了。

以狀態萬全的天澤同學為對手，又能讓她受到這種傷害的人物。

符合條件的人物中就算包括男生在內，我也只想得到寶泉同學。

「想知道我被誰打嗎？說不定會是寶泉同學呢～」

寶泉同學的實力確實非比尋常沒錯。

他面對擁有脫離現實般強大的天澤同學，在互相周旋中應該也可以占上風。

可是，就算只是短暫面對天澤同學這種個性，也會看出一些事。

我不認為她會老實回答。

她終歸只不過會對我提出一個我會接受的答案。

如果是這樣——意思是說，贏過天澤同學的另有其人？

就算把學校全體學生套進自己心裡，我也想不到可以接受的人物。

山田同學的話或許……不對，他這麼做沒有好處。

「不好意思，這讓人難以相信呢。事實上到底是誰？」

「這個我不太能回答耶……唔！」

她不會錯過我有所大意，看見她的傷勢而動搖的破綻。

「欸，妳在幹嘛啦！」

「……是啊，我有點糊塗了。」

這絕無僅有的機會，天澤卻在這種狀態下溜走了。

「好啦～這樣子狀況就回歸原點嘍，兩位。」

對方滿目瘡痍。即使如此，情勢還是再次逆轉。

老實說……我沒有自信能再次壓制住她呢。

可是也只能硬著頭皮上了。

這時，她好像想到什麼，走去自己的背包把平板拿出來。

「似乎結束了呢。狀況變得有點有趣，不過好像已經到了規定的時間呢。」

「這是什麼意思？」

「意思就是到此為止了。妳們要經過的話，就請隨意～」

她這麼說著，敞開至今頑強抵抗、不打算讓我通過的道路。

這是什麼陷阱嗎？天澤同學在我無法如願掌握情勢的狀況下走向某處。

「妳要去哪裡？」

「哪裡？嗯～總之，可能先到指定區域吧～我姑且必須參加特別考試呢。」

不管怎麼樣，既然她退下了，我就要去確認綾小路同學的狀態——

「啊，對了。我覺得應該不用去追綾小路學長嘍。」

「……為什麼？」

「意思是一切都結束了。覺得我在騙人的話，就過去看看吧？」

「——綾小路呢？」

面對這個疑問，天澤同學的視線稍微往下移。

「妳要不要自己確認？不過，或許妳只會後悔為時已晚。」

天澤同學好像真的打算折返，與我們擦肩而過。

他該不會已經被誰打敗了？

「妳要怎麼做？要去追綾小路嗎？妳就是為此才和天澤戰鬥的吧？」

「沒錯。我要去追他。」

我都已經來到眼前了，如今不能未經確認就折返。

「那我也要去。」

「為什麼？」

「妳說綾小路有危險，那我就要在旁邊看著笑他。」

「還真是壞心眼耶。」

我們趕緊重新揹起背包奔向I2。

4

我跨越邊界抵達I2，手錶卻沒收到到抵達的信號。

一般或許會懷疑是GPS出現誤差，偏偏這次發生這種問題的可能性很低。

這麼一來，為了彌補手錶的誤差，我就必須儘量靠近區域中央吧。當然，截至目前為止的兩個星期，我不曾體驗過這種情況。如果把I2的島嶼前端就位在中央附近納入考量，這就是一種必然了吧。他們打造出假使一之瀨沒來我身邊，即使我一無所知還是能踏入並抵達I2的狀況。

我慢慢步入不允許我逃走的路。

走不到十分鐘，深邃的森林漸漸開始吸收光線，於是可以看見視野前方是一片蔚藍的大海與青空。

就算到這裡，手錶也沒有顯示任何反應。

取而代之的是眼前的小海灘上，站著兩位大人看向我這邊。

一位是眼熟的某個男人——月城代理理事長。他一身運動服的打扮，看起來真的很突兀。

另一位則是一年D班的班導司馬老師。

雖然組合很奇妙，看來就是這麼回事。

「您採用了相當強硬的手段呢，月城代理理事長。」

我走在沙灘上這麼對他說。

「計畫實在進行得很不順利呢。這是我可以做出的最勉強的選擇。」

我重新回顧這次截至目前為止十四天的特別考試。月城很明顯要把我引誘到這個I2的最後「圈套」。

不過我心裡也有些在意的地方。

這個東北區域附近既沒有指定區域，也沒有課題，所以其他學生應該不會過來。然而，我同時也擁有放棄指定區域並前往課題的選擇才對。或者說，我也可能會有和七瀨或相同行程表的人共同行動的可能。

月城不可能單純靠運氣安排這最後的場面。早在昨天之前，我來到這裡就已經是「注定」的未來。

七瀨在我面前敗北，接著我們個別行動；我潛伏在第十一名附近，為盯準前幾名而希望單獨行動；一年級襲擊的時機與內容。

我應該可以當成一切都是月城一開始就計劃好的。

「所以，接下來我會怎麼樣呢？」

我視野邊緣映入的小型船就這麼開著引擎，隨波起伏地停靠在岸邊。

也就是說，他們做好了隨時出發的準備。

「可以的話，我希望你乖乖服從指示，與我們一起搭上船。」

「如果是綾小路清隆自主宣告要退出考試，事情應該會圓滿解決。」

司馬老師補充似的說。

「您認為我會選擇乖乖搭上船嗎？」

「確實。如果你會聽話，我就不用特地來到無人島了呢。」

「話說回來，我和司馬老師在學校沒有特別交集，但這也就是說，您是月城代理理事長那邊的人吧。」

從他和我沒什麼交集看來，可見他或許是負責監視天澤的人。但現在已經沒有必要，他好像已經無意隱瞞這件事。

我在空無一物的東北方或許有點可疑，可是這裡也出現了一之瀨和南雲的身影。他們在這種意義上也順利地發揮了煙霧彈的作用。

不對，雖然不論如何都可以認為監考人員們都是月城的人。

不過乍看之下，他們都不像拿著危險的東西。

「只要使用武器之類的道具，要在這裡壓制你也很簡單，但不巧的是你是商品。我的義務是把你平安無事地奪回來——所以，我判斷會需要自己的拳頭。」

站在沙灘上的月城對我露出無畏的微笑，輕輕展開雙臂。

意思是如果我要在這個場面與絕境上抵抗，就會需要與月城互毆嗎？

他們和七瀨不一樣，無論如何採取持續閃躲攻擊的手段，似乎都不管用。

「所以為了避免退學，我就只能接受了吧。」

「沒錯。」

「可以的話，能夠就這樣放過我嗎？我不會說暴力解決的這種方式不好，但我可是這間學校的學生。基於普通規則來想，您這樣會是『犯規』。」

「或許確實是這樣。可是綾小路同學，你即使在White Room中也是留下特殊成果的成功案例。即使在被局限的規則內戰鬥，也不會有什麼敵人吧？你不覺得在這所學校裡和別人競爭本身就很蠢嗎？還是說，你開始對於當個山大王感到愉悅了呢？」

「如果是這樣，這就會是辜負那個男人期待的進化……不對，應該算是退化嗎？」

「不不不，倒也不會吧？White Room的宿願就是掌握日本，進而掌握世界。既然你這個成功個體都會這樣想了，那你進一步成長後，應該遲早會掌握世界，並沉浸於愉悅之中。」

話題從日本的小高中一口氣擴大到掌握世界。

任何人聽見這種夢話般的發言都只會嗤之以鼻吧。

恐怕我眼前的月城自己應該也非常懷疑這件事有多少可行性。

他終歸只想忠於命令，淡然地完成職務。

「不過說實話，我覺得這間學校並不怎麼樣喔。」

「這是當然的吧？畢竟依你看來，這間學校的水準是你幼年時期就走過的路。」

「只限課程的話呢。我總算找到自己在這所學校該做的事，以及想做的方向。我覺得在畢業前自己都可以好好享受，再說除了White Room之外，也有很多優秀的人。」

倒不如說，這裡可以說是寶庫，充滿在White Room裡絕對創造不出的人才。

「我可不打算對高度育成高中的學生們抱持任何否定喔。就像你說得那樣，世界常常到處都有才能優秀的人，有時候也有人會在運動或學力上超越你吧。不過，重要的並不是這個部分，而是在各種狀況下都會留下優異成績，並且帶領眾人的存在。」

月城代理理事長稍微看向司馬。

「南雲同學和一之瀨同學那邊呢？」

「南雲停止了動作，一之瀨則已經遠離，所以我想應該不用擔心。」

我會阻止南雲或一之瀨當然也被計算在內了吧。

「另外有關預料之外的反應，天澤好像封住了那些動作。」

預料之外的反應？這周圍並不存在指定區域與課題。

除了一之瀨與南雲，還會有誰靠近嗎？

假如不相關的學生出現在這裡，對月城來說會是件傷腦筋的事。

讓那個非常規的人物停下腳步的人，好像就是天澤。

「也就是說，她也以自己的方式盡了禮數呢。」

「雖然天澤似乎和月城代理理事長並不同調就是了。」

「簡單來說，她是『叛徒』。因為她是為了把你帶回來而被選上的人才，卻好像一開始就沒打算把你帶回來。」

月城邁出一步，彷彿在表示該結束閒聊。

彼此一直浪費時間也不是好辦法。

雙方一點一點拉近距離。

即使如此，我們的交戰距離目前還是相隔五六公尺以上。

司馬老師為了不讓我逃走，慢慢繞到我背後。

「你應該不會說二對一不公平吧？你好歹是White Room的最高傑作。即使這麼做，我還是會有點不安呢。」

月城雖然嘴上這麼說，卻懷著壓倒性的從容。

我直覺地感受到：即使是一對一，他也十分有把握能與我對戰，在這基礎上選擇要兩人一起戰鬥。

這個架式固若磐石，他們完全沒有像是尊嚴之類的堅持。

我移動視線看向停在海岸的船隻。

就我這邊看見的，船員只有一位操作員。

也就是說，就算他跑過來，我頂多只需要排除三位敵人就行了。

「放心吧，要與你戰鬥的只有我和他。」

他不是那麼單純的對手，我無法把這些話隨意地照單全收。

根據他剛才的口吻，雖然他雙手空空，但我也不能完全捨棄他偷藏攜帶型武器的可能性。

面對實力未知的成人，而且是特務級的兩位對手，我在巧妙周旋的同時也必須提防有無武器、有無援軍，以及其他不確定因素——這就是這樣的戰鬥。

通常這個狀況會因為需要多工處理導致腦袋過熱，但我精神上沒有混亂。

我從小就在不合理、不利的狀況下，被無止盡地反覆磨練戰鬥。

人為了活著會下意識地進行不可或缺的呼吸，而這就與那個一樣。

「您一副絲毫沒有想過自己會輸的樣子呢。」

「我的表情像是那樣嗎？」

根本不會存在顯而易見的結果。

唯有在這裡自己爭取，才能開闢未來。

對手在占領前後方的狀態下仍觀察著我。

一般會想先下手為強，但我主動出擊不是上策。

在我前後方就緒的不是學生，而是校方人士。

假如變成只有我動手，就會在戰鬥以外的場面上變得不利。

「你儘管知道先動手會利於自己，果然還是無法主動動手嗎？真像你的作風。」

對於White Room教育方針應該有詳細了解的月城如此分析。

「那麼──我們就不用客氣地開始吧，司馬老師。」

呼喚名字的同時，兩位大人同時開始步行往我靠近。

兩邊都像是在練習將棋似的，冷靜從容地縮短距離。

司馬繞到我背後，氣息與腳步聲同時消失。

月城從我前面走來，我們的距離只剩七步、六步、五步、四步──

我微微蹲下，閃避司馬老師從背後為了抓住我的臉而伸來的雙手。

果然先從背後動手。

月城在我迴避的時候從前面伸出手臂，像司馬那樣來抓我。我翻滾到沙灘閃躲，接著起身奔跑逃離追擊。

沙塵隨著海風飄起。兩位大人都靜靜盯著我，沒有急著追擊。

對方也一樣在觀察情況。

他們打算從我實際做出的動作，推測出他們在數據上不會得知的本領。

我的腳陷在沙子裡。早知道會變成這樣，我好像應該早點脫掉鞋子。

他們在毒辣的太陽下再次邁步，縮短方才拉開的距離。

我把臉和身體面朝他們，維持相同的距離向後退。我背對著海逃出柔軟的沙地，確認立足處的同時避免被他們繞到背後。

「雖然這是最標準的做法，但能不能說是正確答案就難說了呢，綾小路同學。」

儘管敵人不會在我的背後，但我的退路會相對變得狹窄。

當我退到再往後一步，海浪可能會打到我的位置時，月城和司馬接近我。

他們伸出的手臂果然想要抓住我的身體。

似乎還不打算打我，對我造成損傷。

「你還真會逃耶。」

兩人加快動作，我的閃躲空隙一口氣被奪走。

我在單腳退到會踩到海水的最勉強距離後，忍不住逃離那個地方。

「唉呀？你已經放棄靠大海來防守背後啦？」

對方著急的話，也容易產生失誤。

司馬與月城在我思考這種事情時也踩著沙子往我這邊靠近。

假如我在目前二對一的情況下被逮到，遊戲當場就會結束。

四隻手臂一直持續交替伸過來，現在的狀況只要有一點破綻就會完蛋。

我試著開始奔跑並拉開距離，他們則沒有離開，而是持續對我展開追擊。

在這種地方四處奔逃，也只會不斷消耗體力。

他們的目的顯然是以炎熱天氣與惡劣路況來磨損我的體力。

我中途放棄逃跑，決定活用身體最大的彈性，讓前方的左腳用力踏著沙子，轉身回去對我正後方的司馬動手。

「唔！」

面對我意料之外的動作軌跡，司馬的動作有一點僵硬。

我以左手交織佯攻，右手瞄準胸部；但司馬發現危險後，便不慌不忙地與我保持距離。

這是他比起可以抓住我，會更優先閃避的證據。

「唉呀——以我們兩個為對手，你的應對還真是出色哪，綾小路同學。」

我閃避雙方的攻擊並試著反擊，但是並沒有打得很漂亮。

「可是人的體力有限。你也要差不多要開始喘了吧？」

「月城代理理事長，您真的是個很難纏的對手呢。」

「我的工作就是率先做別人不喜歡的事。」

這種戰鬥方式既不乾淨也不骯髒，目的就純粹是為了把我抓回去。

不過，我也不是沒有意義地耗費體力。

就我目前獲得的情報，月城與司馬在戰鬥上似乎還是有一些實力差距。

月城相比司馬，能力是四比六，可以知道動作的俐落度還是司馬比較強。

雖然我直覺上覺得月城更勝一籌……

總之，我應該警戒的比例從五比五稍做調整。

我以為他會把背後交給實力較低於自己的司馬，結果卻相反。

這種戰鬥方式是要讓我出乎意料。

這麼一來，我會想要先盯準較弱的月城，但他的實力仍舊非比尋常。

這件事情的難度很高，沒辦法輕易地辦到。

倒不如說，假如月城發現我已經分析完畢，恐怕也會意識到自己要防守。

我要不讓他們識破自己發現他們的實力差距，並一擊打敗司馬。

簡單來說，我抱著誤判的打算，從他們那邊各接下一擊。

他們還沒打算扁我的現在就是機會。

運氣好的話，也可能只有我單方面地造成傷害。

而且讓司馬無法起身之後，立刻一對一應付月城。

思考時間大約是一秒。他們兩個以同樣的速度對我發動攻擊。

然而，我以為要來抓住我的那些手，卻轉換成拳頭緊握的拳擊。

被識破了——

他們識破我打算轉守為攻。假如我直接打過去，雙方都會受傷。

既然這樣，我就要用更強大的攻擊——

我為了和背後的司馬互換傷害，開始注意自己的後方，卻發生意想不到的事。我的脖子感到一陣寒意而被迫中斷反擊。

我從月城身邊逃離不知道已經是第幾次的閃躲。

司馬隨即猛揮過去的拳頭，聲音冰冷地傳來耳裡。假如我貿然地回應、互換傷害，或許就會停下腳步。司馬的攻擊無庸置疑擁有與我同等級的威力。

不對，比起這件事……

我側身看看月城本來應該比司馬更差的動作，結果卻比我預想得快了兩級。

「……你果然是個不能大意的對手啊，月城代理理事長。」

我在攻擊逼近眼前時避開，睽違數年第一次在戰鬥中冒冷汗。

假如我沒有相信直覺，事情會變得怎麼樣呢？

我不只會吃下司馬的一擊，或許還會毫無防備地受到月城的攻擊。

我預測月城是四、司馬是六，本身就是對方在戰略上營造出的假情報。

他們故意保留實力，並做出超越我戒心的攻擊。

「我本來想靠剛才那一招把你拿下，但你的反應速度不是普通人的境界。」

我沒有捨棄這種可能性真是幫了大忙。

眼前的月城實力不如司馬的不自然感。

可以說只有這點幫助了我在最後一刻拉起戒心。

這兩人都很謹慎，而且儘量避免做出冒險的行為；但如果判斷有益處，仍會果斷地冒險。

情勢好像是我稍微不利——

就算打算先打倒其中一邊，另一邊也會在巧妙的時機過來掩護，我很難好好擊中。他們讓人難以想像是臨時組成的雙人組。

「分析得順利嗎，綾小路同學？」

戰鬥才開始兩分鐘多。

雖然我已經試過各式各樣的模式，每一種都缺少決定勝負的一擊。

「如果是像小孩子那樣，單純力量互碰的打架，你應該很容易應對吧。可是，我們大人會為了不敗北，毫不猶豫地採取最妥善的策略。即使這樣很粗俗、肯定很不帥氣也一樣。」

對於我的想法，月城也料到百分之九十九。他的戰鬥方式既果斷又精確，而且不會讓人揣測自己的想法。不對，應該說就算會讓人揣測，也不會洩漏真實的狀況。姑且不論現況下，我欠缺關鍵的一擊。如果情況就這麼惡化下去，我好像也得背負相應的風險。

「月城代理理事長。」

至今一直都寡言應對的司馬，打破這個情勢不利於我的膠著狀態。

月城被呼喚名字後，好像也馬上察覺到異狀。

這是在場所有人都沒料到的事。

「代理理事長大人和導師大人，你們在這種沒有人煙的地方對學生做什麼呀？還請你們務必告訴我。」

是名沒有受邀的訪客。

「我記得妳是——」

「她是三年B班的鬼龍院楓花。」

她為什麼會在這裡？指定區域被選在這個I2的應該只有我。

「妳看來也不是什麼誤闖的小貓呢。有什麼事嗎？」

月城暫時收起戰鬥架式，以平常的語調詢問。

「其實我不久前都在大樹背後觀摩情況，但這種二對一的情況，我終於還是看不下去，於是就像這樣跳出來了呢。」

月城和司馬當然不可能沒有察看GPS反應。

「這或許就是原因了吧？我的手錶好像因為意外而故障了。」

鬼龍院這麼說並笑出來，讓我們看錶面碎得澈底的手錶。

「眼前有多位校方人士，因此我想請教一下，這應該沒有任何問題吧？手錶壞掉也只有得分功能會關閉，我要去哪裡是我的自由。」

「當然沒問題。話說回來，這場考試還真是手錶故障接連不斷呢。」

月城面對異常的存在並沒有顯得慌張。

一般而言，被其他學生撞見就應該會收手。

然而月城明白這裡是最後的機會，他果然不會罷手。

他應該只會把鬼龍院寫入應該排除的清單裡。

「綾小路，我做了多餘的事嗎？」

既然教師與學生扭曲的戰鬥都被她看見了，掩飾就沒有意義。

倒不如說，我應該要有效地活用現在發生的這場意外。

「這就要視事後的結果而定了呢。我可以當作妳願意幫忙嗎？」

月城非常強大。這種由經驗與技術累積而成的戰鬥風格，我可以斷定就算在我過去的記憶裡，他也算是頂尖的強敵。

「當然。雖然不清楚緣由，做學姊的保護學弟是很自然的事情吧？」

鬼龍院這麼說完站在我隔壁，接著便笑了出來。

「可是，妳為什麼會來這裡呢？」

「我看到你昨天為了躲避一年級而四處奔逃，對此很感興趣，本來打算要問你。我覺得要是被你逃走也很尷尬嘛。」

所以她就特地破壞手錶，為了不被我發現而接近我嗎？

「幸好好奇心贏了。因為就結果上來講，我得以加入這種非常有趣的發展哪。」

不過，我只確定這通常會是不可能的展開。

「司馬老師，她就交給你應付了。」

「就我所見，代理理事長和司馬老師的實力好像相當不得了。雖然不知道我能派上多少用場，但恐怕撐不了多久吧。」

鬼龍院這麼說著並站在我一旁，就開心地架起拳頭。

「如果能把他拖住一兩秒，那我可是會非常歡迎喔。」

「講這什麼話，我至少會撐個一兩分鐘給你看啦。不過綾小路，你就不能擺出更加像樣的姿勢嗎？」

「像樣的姿勢嗎？」

「那個散漫的表情也很不像樣。試著架起拳頭，營造出一決勝負的氣氛吧。」

我完全沒想過會在這種場面上被別人說出這種話。

然而我被鬼龍院莫名地施壓，無奈之下試著做出那種姿勢。總覺得好像會在連續劇的打鬥場景上看到。

「……怎麼樣？」

「呵呵，這種地方還真是笨拙耶。不過算了，先算你有達到最低水準。」

鬼龍院賊賊一笑，同樣重新擺出戰鬥的姿勢。

「妳有打人的經驗嗎？」

「我可是淑女喔，怎麼可能會有呢？」

「……真假？」

「別擔心。因為我才想著要嘗試打一場架呢。」

我們彼此拉開距離，轉移到明確的一對一。

「來做個了結吧，月城代理理事長。」

「對手只有我的話就能贏——你是這麼判斷的嗎？」

月城掛著平常那張連從容和迫切都不會讓人感受到的笑容，並且擺好姿勢。

「那就讓我見識一下吧——你在一對一的真正實力。」

我把擋在眼前的對手當作平起平坐的敵人迎擊。

否則，被算計的就會是我這邊。

可是我還是要在一分鐘以內分出高下——要在鬼龍院被司馬壓制之前解決。

我避開月城無聲無息發動的攻擊，把左拳擊向月城的臉頰。

「唔！」

我擊出時而強力、時而和緩的刺拳，以及敏捷的拳擊。

由於我只專注在擊中，每一發的威力都很小。

不過月城的笑容也因為我反覆命中而漸漸淡去。

我瞄準鼻梁。即使傷害微小，被擊中仍舊會啟動存在於人體內的機制。

——那就是「眼淚」。

不管是誰，只要鼻梁被擊中就會誘發眼淚。

比起感到疼痛，眼淚會先流出來，最重要的視野就會被剝奪。

不論是大人或小孩，還是年輕人或老人都一樣。

月城的視野惡化後，我以上鉤拳猛擊他的下巴。
月城抬頭看向天空，他大概咬到嘴巴裡面了，嘴裡噴出一點鮮血。
「真不知道睽違了多久呢。」
月城擦拭唇上掛著的血，毛骨悚然地微笑。
「考慮到在我眼前的是高二的小朋友，我承認。你無庸置疑就是最高傑作。」
在我目前交戰過的對手中，月城無疑也是頂尖的強者。
我也非常理解月城判斷自己可以在單挑上贏過我。
「我原本很不喜歡粗暴的行為，但現在實在開心到不行。」
月城感到有趣似的笑著，再次擺好架勢。
然而他沒有馬上動手，而是一步一步往後退。
雖然也能理解月城在爭取讓司馬壓制鬼龍院的時間……
他一點也不激動，而是打算冷靜地抵達勝利的道路。
月城只有那麼一瞬間看了一眼腳邊的沙子。
我毫不在乎地接近他，並把力量灌注於右拳。
「表現得真精采——！」
我扭動身軀一般向月城的上半身用力揮出一拳。

幾乎以最強的威力命中。然而，儘管如此月城的笑容還是沒有消失。他就算架式瓦解，左手還是緊握地上的沙子，並把沙子往我這方撒。

而且他利用另一隻空著的手更加戳入開了一個洞的沙灘提起來。

即使那記像上鉤拳般舉起的右拳直擊而來，在他無法如願擺好架式的狀態下，根本不會造成傷害。不過，我沒有正面吃下右拳，而是在甩開他的手臂後立即抓住他的右臂，停下他的動作。

「唔——！」

月城到現在才首次失去笑容。

在我視線前方，月城的右手緊握電擊棒。

「你為什麼會知道？」

「在這之前我都不知道喔。可是，因為你不知為何在這種不能露出一絲破綻的狀態下，往下瞥了一眼像是在確認腳邊的動作，對此我有一股異樣感。如果你的目的是靠沙子剝奪我的視野，可以不用特地確認腳邊。」

左手抓著沙子撒向我這邊時，他的注意力也在其他地方。

「再說你看似故意承受我的攻擊，這點我也覺得很不自然。」

既然實力旗鼓相當，我們彼此需要改變情勢的走向。

「可以的話，我原本並不想冒這種風險呢……我本來想要把這個當作保險手段，但你的實力

讓我感到焦躁。」

他鬆開右手，電擊棒一頭落下，插在沙灘上。

「好啦，你接下來要怎麼做呢？我已經受了重傷……」

司馬在我視線前方，從鬼龍院背後束縛並勒緊她。

這時，月城代理理事長舉起手並往某處打了信號，於是停靠的小船操作人員拿著某物開始試圖上岸。很明顯，他是萬一月城他們自己敗北時的最後王牌。可是這點我也和他們一樣。

「很遺憾，時間到了喔，月城代理理事長。」

小型船突然停止上岸準備，發動引擎丟下代理理事長他們急速出發。

理由應該是看見海上來了另一艘小型船。

「……真令人驚訝。你是怎麼把船叫來的？雖然這很理所當然，不過我已經預先安排好了呢——萬一你去依靠校方，我也能阻止。再加上，我以為你會避免讓學校知道。」

「很簡單。您仔細看小型船就知道了吧？」

仔細一看小型船，可以在前方看見真嶋老師與茶柱老師的身影。這下月城也懂了。

「如果我向學校報告二年A班與二年D班的學生在I2倒下，並且狀況危急呢？這件事再怎麼樣也不能輕易壓下去。我在不久前的事件上，也確認趕來救援的人選會包含班導在內，所以知道真嶋老師和茶柱老師都會趕來。」

這是學校訂下的規則，認為單純看一眼就能辨認身分的班導是最適合的人選。

倘若聽聞是二年A班與二年D班，就算學校不願意，也只能讓導師同行。

假如是狀況緊急，便沒時間逐一確認GPS。只要其中也包含手錶似乎故障的情報，即使那裡不存在GPS反應，老師也絕對會前去確認。

「如果學校先檢查全體學生的GPS，不是有可能變成救援不來的狀況嗎？」

「不會。目前地圖上就有二年A班與二年D班各一位學生的手錶GPS反應消失。倒不如說，這麼做的可信度還會增加吧。」

「你從一開始就打算爭取時間，並讓事態如此發展，所以一開始就算很清楚對自己不利，也要傾盡全力逃跑呢。」

「半吊子地威脅一之瀨就是個敗筆。您要做的話就必須澈底處理。」

結果月城給了我機會，在來到這裡之前向坂柳尋求協助。

「別看我這樣，立場來說我也算是聖職人員喔？我做不出那種危險的行為。」

月城說出這種不知是真是假的話，然後笑了出來。

「這場考試的規則利用手錶限制位置，反而在很多地方帶來了壞處呢。」

司馬彷彿服從死心的月城，立刻鬆開鬼龍院。

「……呼。你幫了大忙喔，綾小路。我根本打不過，但我真的覺得很有趣。」

接著她像是讓身體休息般單膝跪地。

雖然是以斜眼觀察，但我看見她和司馬的戰鬥。儘管一直處於防禦，真虧她能堅持過去。

她理解對手明顯更為強大，所以沒有勉強自己，只是努力停下他的腳步——而這部分帶來很大的影響。

如果與狀態萬全的月城戰鬥，而且連司馬都參戰的話，我也不知道結果會如何。那艘船不久後就靠岸，真嶋與茶柱走下船。

向坂柳借來的對講機直到最後一刻都派上了用場。

「您可以承認是我勝利吧？」

「我暫時也不得不承認了吧。」

月城在現狀下應該沒有推翻結果的底牌。

只有我的指定區域有所改變，也是一旦追究就必定會露出馬腳。

「你的得分在很微妙的標準上，但應該勉強算是沒問題吧。就我來說，既然這件事已經公開，一旦你進入倒數五名，就免不了會發起抗議哪。」

「別擔心。我認為我有以自己的方式在觀察安全線。」

「看來我的關心是多餘的呢。那麼，我就暫時收手吧。」

「暫時嗎？真希望您別繼續做出暴力的體力活耶。至少我認為這樣違背這所學校的理念。當然，倘若您要在規則上考驗我的打架強度，這應該是值得歡迎的一件事就是了。」

月城代理理事長的笑容沒有消失，看著下船後走過來的真嶋與茶柱。

「最後請讓我問一件事，月城代理理事長。您是認真想讓我退學嗎？我認為制約的確很強大，但換作我是你的立場，會準備更確實的辦法再執行。」

我不覺得自己眼前的男人愚蠢到想不到那些方式。

「你太抬舉我了喔。我是服從上頭的指示，盡全力想讓你退學。不過結果並沒有實現，而是像這樣倒在你面前。」

我只知道一件事，那就是月城這個男人果然深不見底。

雖然不知道他剛才那番話有無虛假，但我似乎應該認為他別有目的。

「可以麻煩你轉告天澤同學一件事嗎？」

「說吧。」

「天澤一夏不斷違背命令，我要為她打上失格的烙印，她已經沒有應該回去的地方了吧。你告訴她，不論是要繼續留在這間學校還是決定離開，都隨便她。」

這是真的嗎？真假參半？我從月城身上看不出這點。

即使承認敗北，也絲毫沒有透漏出自己的根基有所動搖。

縱然天澤真的捨棄White Room，我也不覺得這件事會就此結束。

我只確定一件事。

就是我不覺得White Room的事會就此一切平息。

之後還會發生某些事件。沒錯，目前就是讓我這麼想。

「請你掙扎到最後一刻吧。」

月城慢慢起身，死心似的舉起手並靠近真嶋他們。

「這裡什麼事也沒發生，我只是在和綾小路同學閒聊。」

「您認為這樣就能了事嗎？」

「什麼了不了事，這是既定事項，你們教師沒辦法抵抗。倒不如說，我還更希望你們感謝我沒有抵抗呢。」

我看著真嶋老師點頭回應，表示這樣就可以了。

「那麼我們就撤退吧。畢竟學生們的特別考試還沒有結束。」

我確認大人們往船的方向前進後，看向鬼龍院。

對付司馬好像讓她精疲力竭，她坐在沙灘上單膝彎起凝視大海。

「剛才真是精采耶，綾小路。」

「哪裡，鬼龍院學姊面對司馬老師也很厲害喔。」

「看完你的戰鬥後，就算是客套話，我也不敢當呢。啊啊，放心吧，我沒打算把你的事告訴外人。但我會想問你各種事喔。」

雖然我沒料到會被人看見，可是好在對方是鬼龍院。

「我有一些很複雜的家庭狀況，就只是這樣喔。」

「複雜的家庭狀況啊？這好像不是我可以隨意深究的事。」

鬼龍院起身輕輕拍掉屁股沾上的沙子後，就往森林的方向邁步。

我和鬼龍院從I2出發並回到I3時，已經不見南雲的蹤影。

取而代之，我遇到了意想不到的學生們。

那兩人一見到我就面面相覷，並感到驚訝。

「這個組合還真罕見耶，堀北。妳居然與伊吹走在一起，今天要下冰雹了嗎？」

「……你沒事嗎？」

「沒事？」

「呃，沒有。我以為你可能與誰起了爭執。」

這次換我和鬼龍院對視，幾乎同時否認此事。

「沒有呀，前面也沒有任何人在。」

「那你在這裡做什麼？」

「因為這兩個星期滿累人的，所以我在沒人看見的海灘邊看海邊休息。」

「真是從容耶。畢竟是你，你應該有賺到最基本的得分吧。」

為什麼鬼龍院學姊會在這裡？——她露出這種視線。

「我發現翹掉考試的學生，所以把他帶回來。為了叫他到最後都要認真考試呢。」

鬼龍院學姊這麼說完就輕拍我的背向前走。

「那麼考試結束後，船上再見啦。」

堀北站在我隔壁，再次輕聲傳來確認。

「真的沒事嗎……？」

「妳是指什麼事？」

「我……只是好像有這麼聽說。再說還有一張小紙條。」

「紙條？」

「沒有，沒什麼，別放在心上。全是一些我自己也還沒弄清楚的事，我自己稍微調查過後再跟你說。」

雖然我很好奇是什麼事，但有關Ｉ２的話題，我不希望聊太久。因為我也不能把與月城的事告訴她。

「比起這件事，妳和伊吹怎麼會在這裡？這附近沒有課題吧？」

堀北制止打算說些什麼話的伊吹。

「伊吹同學和我挑起比賽，所以我們在確認彼此的分數。因為你的GPS在奇怪的地方，我只是想看一看你的狀況。」

「我就先當作是平手了。」

「……怎麼會是平手？分明就是我贏了吧？」

「那是誤差喔，誤差。」

「不管是不是誤差，只要超過一分就算我贏喔。」

雖然我搞不太懂，不過堀北和伊吹的感情好像因為這場考試而變好了……嗎？

於是，無人島考試不久便迎來終點。

公布結果

長達兩星期的漫長無人島考試結束了。

儘管想在最後一天勉強硬幹的組別好像出現了傷患，但考試總算閉幕了。教職員們在起點紮營處慰勞般地迎接學生。

然後我在世界開始染得一片通紅的傍晚六點過後，收到通知說參加考試的學生全數歸來，返回船上的作業已經結束。

按照事前說明得那樣，結果將會在船上公布，然而好像因為這次可能會有多名學生退學，所以照規定會事先通知倒數幾名的小組。

這恐怕會是我們回到船上後，在就寢之前的這段期間，很快就會知曉的現實。

看來不會發展成在全校學生面前公開處刑。

學校會先叫出倒數五名，確認能否進行補救措施。防範退學於未然的學生，只要在這裡付出代價就可以得救。

那些個人點數不夠，或是就算手頭有點數，也出於某些因素不行使補救的學生，將會在當下確定退學，同時收拾行囊搭上小型船。

我睽違好幾天終於沖澡洗掉髒汙，決定在船裡悠閒地散步。

我們本來應該都會在手機上聯絡朋友或戀人，但由於手機目前仍由校方負責保管，因此沒辦法這麼做。

我和幾位D班學生擦身而過，彼此簡單慰勞幾句，就往甲板的方向走去。我在那裡找到很有意思的兩人組。

他們兩人正在面對面交談。

我沒有特意躲藏，因此其中一人很快就發現我。

他滿臉是傷，說明自己在考試中和寶泉有過一場激烈的攻防戰。

「雖然有人來打擾了，但妳可別忘記與我的約定喔？還有錢也是。」

龍園提出「約定」這個詞，只瞥了我一眼就回到船裡。

「當然，龍園同學。只要時機到了，你隨時都可以告訴我。」

坂柳開心地對龍園的背影微笑。

「約定？」

「嗯，因為一年級生的戰力不明呀。雖然我準備了龍園這個武藝高強的傭兵，但他不是願意免費幫忙的人。我說只要答應我的請求，就願意實現他一個願望。」

原來如此。所以龍園才會現身擋在寶泉面前啊？

「順帶一提，妳知道他們打架的結果嗎？」

「不知道耶。雖然我知道龍園同學和寶泉同學渾身是傷地回到起點，接受治療後就被宣告退出考試。」

也就是說，雖然打架的勝負結果不明，但因為雙方皆退場，最後應該以平手收場嗎？

可是，要讓只專注於無人島考試上勝利的那個人行動不是件容易的事才對。

「這還真是——妳隨便和他約定，這樣好嗎？」

「嗯。反正那也是不知何時才會實現的約定，再說……不久的將來，他那個願望也會變成是自掘墳墓。」

坂柳這麼說並微笑，露出像小孩一樣天真無邪的眼神。

我只確定，那好像不是約個會這種簡單的約定。

「你沒事真是太好了。我指示讓ＧＰＳ消失的時機，應該沒問題吧？」

「時機很完美。這份人情我一定會還。」

「我的願望不管是過去還是未來，一直都只有一個。那就是與你認真對決一場，不要有任何人來打擾。」

「這個提議還真困難耶。」

「我知道。現在的你希望儘量平穩度日，我非常清楚你無法隨便行動引人注意。但我應該不用急。因為我們還有將近一年半的校園生活。」

坂柳說，只要畢業前有機會在某處決勝負就夠了。

「馬上就要六點了，是時候公布結果了呢。」

「就是說啊。」

究竟是哪些小組勝出，以及又是哪些小組淘汰呢？

我就去看看吧。

1

D班成員到了七點的晚餐時間，自然而然地開始聚集在同一個地點用餐。這也是當然的。由於昨天和今天沒辦法瀏覽後段組別的名單，如果要知道哪一組的狀況不理想，就只能直接詢問。

「首先……我們D班可以不落下任何小組地結束特別考試，真的是太好了。然後，D班全體學生都在場，就是所有人都順利避免退學的重要象徵，實在是太好了喔。」

洋介環視同學們，衷心地說出這些話。

我在無人島上一次都沒有碰到洋介，所以原本有點擔心，不過他比起自己的勞累，似乎滿腦子都是夥伴。

如果大家都齊聚在這裡，確實也代表波瑠加和愛里的組別沒事。

我決定看一下二年級其他班級的情況。

看起來沒有特別缺少某些學生。

學生們心滿意足地大啖睽違兩星期的豪華大餐，但他們也不能只顧著開心。

教職員們開始集合後，麥克風也隨著晚上八點的信號被開啟。

『請暫停用餐與交談。』

學生們受到三年A班班導佐佐木的廣播催促，轉頭看著老師。

『首先，無人島特別考試，各位都辛苦了。儘管一共有十三人中途退場，但我們教職員對於你們沒有缺少任何一組地熬過兩個星期，都感到很驚訝。』

起初從慰勞開始。

『我想有些班級應該已經發現自己的班少掉一些學生，不過倒數五名就如同規則說明那樣，已經下達懲罰並執行退學處分。如果是多人的組別，我會唸出一個姓名作為代表。三年D班的武藤、三年D班的川上、三年C班的勝俣、三年C班的東雲，以及三年B班的三木谷這五組，合計十五人。』

面對佐佐木老師的說明，一二年級生嘈雜起來。

我在第十二天正要結束時，的確確認到三年級名列後段，可是現在所有退學的學生組別都出自三年級，實在太意外了。

因為我以為南雲會拯救他們。

而且我也以為一年級和二年級會因為名次劇烈替換而出現退學的學生。

然而結果演變成五組三年級的三人組消失的情形。

『由於這段期間沒有學生行使補救措施，這十五人確定將會直接退學。』

考慮到這種結果，五組三年級退學是他們三年級內定好的嗎？

我這麼想並看著三年級生們的表情，然而事情似乎不是這樣。

多數學生的臉上都不見從容，充滿簡直難以置信的動搖。

看起來也完全像是在害怕以儆效尤的結果。

我試著尋找南雲，瞥見他的側臉看起來一如往常。不過這搞不好是他在最後一刻與我的小糾紛，影響到這個結果。

巨大螢幕的電源被開啟、顯示出白色畫面後，又出現另一個人。

『那麼，接下來就來公布無人島特別考試前三組的結果。』

那個人是月城代理理事長。我絲毫感覺不出他曾與我戰鬥過，他就跟宣布考試開始時一樣平

靜地進行流程。

「第三名——二年A班的坂柳有栖組，總計兩百六十一分。」

二年級的組別突然在這邊名列第三名。

他們好像澈底活用二年級唯一一組允許七個人的這個優點紮實地累積分數，慢慢提升排名並擠進第三名。

一之瀨在最後一天幾乎都脫隊，但影響好像很輕微。

就得分上來說，龍園葛城組也有過一番奮戰，不過龍園在第十三天退出應該還是造成了影響。葛城變成獨自一人，因此抵達順序報酬消失，可以參加的課題也變少。而且還會需要避免退場，追求安全之類的選擇，那兩天應該很艱辛才對。

最後一天的得分變成兩倍應該也是造成他們逆風的原因。

另一方面，坂柳則穩健地運籌帷幄。她為了阻止一年級而派遣的學生，各個都是坂柳組以外的學生。使用的平板也屬於別組，沒有背負很大的風險。面對危險的對手，她則派出龍園巧妙地應對。

對龍園來說，他應該也可以預見與寶泉互毆是很危險的事情。

他是為了國中時期與他的因緣而行動，還是這關係著「約定」呢？

假如是後者，這就會是比第三名與因試煉卡而增加的報酬更有魅力的回報。可是桐山組會在最後階段突然掉下，讓人很意外。

接著是第二名。

說這裡就會決定一切也不為過。

第十二天結束時，南雲和高圓寺兩個都確定站在頂端。

就算他們多少掉了一些分數，就我聽說的第三名得分看來，不會掀起波瀾。

結果會是統籌三年級的南雲，還是一直獨自展現破竹之勢的高圓寺呢？

「第二名——三年A班的南雲雅組，總計三百二十五分。」

月城代理理事長這麼唸出後，學生們別說是歡呼，反倒都發出悲鳴般的叫聲。

緊接著發表第一名。

「第一名——二年D班的高圓寺六助，總計三百二十七分。」

高圓寺在被叫到名字的瞬間，聚集了所有學生的注意與目光。

他沒有因為勝利而驕傲，也沒打算對任何人強調這點，只是不改從容地坐著。

假如只看結果，得分差距只有兩分。

這是只要有微小事件就可以推翻的差距。

即使如此，高圓寺還是獨力在這個最為嚴峻的條件下，辦到拿下第一名的壯舉。

第一名應該會發下班級點數三百點，以及針對個人發下個人點數一百萬點，還會獲得保護點數一點。

「高圓寺同學真的做到了呢。」

高圓寺瞥了堀北一眼，以眼神詢問：「妳知道的吧？」

堀北也只能點頭應了吧。

高圓寺漂亮地按照承諾，拿到畢業前的免罪符。

這也意味著他今後會更隨心所欲地度過校園生活。

「真是的……該說我無法坦率地感到高興，也不能說我是傻眼得說不出話……」

「現在要高興也可以吧？獨自拿下三百點班級點數，對於升上A班來說是非常大的點數。因為這樣就會確定是第二次脫離D班了嘛。」

再說高圓寺本來就很恣意妄為，如今更是不會有任何拘束。

「嗯，是呀。這樣我們就會一口氣往前段逼近了呢。從B班到D班，不管我們換到哪一班都不奇怪。」

「前提是這個月在日常生活上沒有疏失，點數上沒有降得太誇張吧。」

畢竟班級點數會因為日常行為或問題行為而默默地被扣點嘛。

「……不要說這種討厭的話啦。」

不過，我再次思考這兩分差距擁有的重大意義。

我想起今天南雲特地來我身邊的模樣。

當時對講機傳來他夥伴的聲音。

總覺得當時南雲如果回覆那些聲音，第一名和第二名的結果就會逆轉。

然後退學的組別應該也會有所不同。

雖然在這邊思考也不可能得到答案。

這個漫長的特別考試，算是平安無事地落幕了。

也就是說二年級奇蹟似的沒有缺少任何一人，熬過了這個夏天。

天澤一夏是White Room學生的這件事也已經釐清。

雖然不清楚理由，起碼她現在不屬於月城那邊，而是站在我這邊。

儘管目前沒有任何條件可以確定這是預謀的戰略，還是天澤背叛White Room並單獨行動，但我可以得到的情報也不算少。

即使如此，還是留下幾個謎團。

這個暑假說不定不會就這麼順利地結束。

後記

我去年開始就一直埋頭工作，連喘息的時間都沒有。工作無限地增殖，做完一個又增加一個，持續著消耗體力與精神的日子。大家好，我是衣笠。

……………嗯。

沒有事情可以寫在後記！

例如像是左腳大拇指最近會隱隱作痛啦。（大概和痛風不一樣）

附近開的辣味咖哩店很美味，我都會忍不住光顧啦。（真心覺得無所謂）

打算叫外送便當，盯著官網一小時後，考慮增加的費用與運費的過程中，最後還是自己騎腳踏車去取餐之類的啦。（那又怎樣？）

沒有特別新奇的變化，淡然地面對每一天。

嗯，好的。就報告近況來說，大概就是這樣了吧？

老樣子是沒什麼內容的後記，請多包涵。

接下來是關於無人島考試的後半場。

這次是第四集。我重新回顧之後，覺得分成上下集會很辛苦！也覺得即使寫下總共將近七百頁的內容，仍然有很多故事想寫呢。雖然我也希望寫出無人島上許多主要角色的戰鬥內容，由於無論如何都會偏離正題，所以不能這麼做……

假如有必要，我也希望把各個角色的這些故事以其他方式寫成加筆小說，但我也不知道有無其必要，總而言之就先無視這個部分吧。

與月城的戰鬥會在第四集的本篇中暫且結束，但與White Room有關聯的故事還會再稍微延續下去。閱讀至此的各位，應該也隱約發現這一點了吧？

然後下次會是從特別考試中解放的四．五集——豪華遊輪上的暑假篇。

希望各位也能聚焦在無人島考試的細節，或是我原本無法提及的角色們的故事。

綾小路與其他角色們的戀情可能會有變化，也可能不會有變化。甚至，我剛才提到的與White Room相關的故事也是如此——

哎呀，回到暑假的話題，我預計放入幾個與無人島考試一樣值得玩味的發展，因此敬請各位讀者期待。

那麼各位，我們最晚四個月後再見吧。

今年二〇二一年也請多指教。

廢柴勇者下剋上 1~2 待續

Kadokawa Fantastic Novels

作者：藤川恵蔵　插畫：ぐれーともす

如果不賭上小命去尋找神劍，
這個世界就要毀滅了嗎——？

庫洛順利地把只有勇者才能使用的神劍——聖光劍王者之劍交到勇者的手中。然而，他卻得知神劍的姊妹劍（共計十二把）有超過半數皆下落不明。於是他在聖光劍精靈荷莉的引領（實為威脅）下，開始找尋剩下的神劍……

各 **NT$220/HK$68~73**

西野~校內地位最底層的異能世界最強少年~ 1~3 待續

Kadokawa Fantastic Novels

作者：ぶんころり　插畫：またのんき▼

榮獲「這本輕小說真厲害2019」第6名！
凡庸臉與金髮蘿莉於異國之地遇上新的對手!?

校慶結束後，西野接下拍檔馬奇斯的委託前往海外出任務。與此同時，二年A班的同學們也策劃了飛往外國的畢業旅行，一行人碰巧於異國之地重逢。西野與蘿絲的關係出現一大進展的海外旅行篇，TAKE OFF！

各 NT$200~250/HK$67~83

自稱F級的哥哥似乎要稱霸以遊戲分級的學園？ 1~5 待續

Kadokawa Fantastic Novels

作者：三河ごーすと　插畫：ねこめたる

「最弱」與「最強」交錯之時，
故事將發展出全新局面——！

暑假前的某天，理事長邀請學生們前往獅子王休閒樂園度假，那卻是「獸王遊戲祭」參賽代表選拔戰開始的信號。可憐與桃花把握機會努力鍛鍊，外國刺客卻在背後悄悄行動……紅蓮將再次證明他是貨真價實的最強玩家——！

各 **NT$200~240/HK$67~80**

國家圖書館出版品預行編目資料

歡迎來到實力至上主義的教室. 2年級篇/衣笠彰梧作；Arieru譯. -- 初版. -- 臺北市：臺灣角川股份有限公司, 2022.05-

冊；　公分. -- (Kadokawa fantastic novels)

譯自：ようこそ実力至上主義の教室へ 2年生編

ISBN 978-626-321-425-5(第4冊：平裝)

861.57　　111003452

Kadokawa
Fantastic
Novels

歡迎來到實力至上主義的教室 2年級篇 4

（原著名：ようこそ実力至上主義の教室へ 2年生編 4）

2022年5月26日 初版第1刷發行
2024年6月17日 初版第5刷發行

作　者：衣笠彰梧
插　畫：トモセシュンサク
譯　者：Arieru

發 行 人：台灣角川股份有限公司
總　監：呂慧君
總 編 輯：蔡佩芬
主　編：林秀儒
編　輯：彭曉凡
設計指導：陳晞叡
美術設計：宋芳茹
印　務：李明修（主任）、張加恩（主任）、張凱棋、潘尚琪

發 行 所：台灣角川股份有限公司
地　址：104台北市中山區松江路223號3樓
電　話：（02）2515-3000
傳　真：（02）2515-0033
網　址：www.kadokawa.com.tw
劃撥帳戶：台灣角川股份有限公司
劃撥帳號：19487412
法律顧問：有澤法律事務所
製　版：巨茂科技印刷有限公司
ＩＳＢＮ：978-626-321-425-5